六十万石の罠

旗本三兄弟 事件帖3

藤 水名子

時代小説

二見時代小説文庫

目次

六十万石の罠——旗本三兄弟 事件帖 3

序　章　予感

一

　そのとき太一郎《たいちろう》は我が目を疑った。

　いや、実際には耳を疑うべきだった。男の、大きく開かれた口から、何故声が漏れていないのかを不思議に思うべきだった。

（ま…さか）

　太一郎は無意識に男に近づく。

　男は、大きく口を開け、驚いたように目を見開いたまま、地べたに腰を下ろしていた。背後の板塀に凭《もた》れているため、辛《かろ》うじて半身を起こしていられるが、そうでなければ、だらしなく頽《くずお》れた体は、とうの昔に仰向《あおむ》けに倒れていただろう。

（死んでいるのか？）

更にもう一歩近づいてみたとき、男の口の端から細く糸のように滴《したた》るひと筋の血に、太一郎ははじめて気がついた。

気づいたところで、改めて、動かぬ男の姿をじっくり見据える。薄墨を流したような暗がりの中、血の赤だけが不自然なまでの異彩を放つ。

男は、四十がらみの中年の武士である。

羽織袴《はおりはかま》を身に着け、二刀を帯びている。右手が大刀の柄《つか》にかかっているところをみると、抜刀する寸前だったのだろう。

だが、鞘《さや》に左手を添えず、未だ鯉口《こいぐち》すら切っていないのは、咄嗟《とっさ》のことで狼狽《ろうばい》したか、或いは刀を抜くことに不慣れであったためか。

何《いず》れにせよ、刀を抜く前にその身に異変が生じ、抜くことがかなわなかったのだ。

「如何《いかが》なされた？」

思いきって、声をかけてみる。

返事はない。

それどころか、吐息一つも洩らされてはいないようだった。見れば、ぐにゃりと折れ曲がった腹のあたりからも、夥《おびただ》しい血が溢れている。

「堀井《ほりい》…殿？」

　太一郎は恐る恐るその男の名を呼んだ。

　倒れているのは勘定吟味役《かんじようぎんみやく》与力・堀井玄次郎《げんじろう》。太一郎が内偵を命じられ、このところ、密かにそのあとを尾行《つ》けていた相手にほかならない。

　それ故太一郎は、城から本所《ほんじよ》一ッ目通りの彼の自宅へ到るまでの道なら、目を瞑《つむ》っても歩けるくらいに熟知した。堀井は生真面目《きまじめ》な男で、殆《ほとん》ど寄り道することなく、真っ直ぐ帰宅するのが常だったのだ。

　昨日も一昨日もその前日も、勤めのあと真っ直ぐ帰宅していた堀井が、だが今夜は自宅とは別の方向に足を向けた。

（すわ、目的の相手に会いに行くのか！）

　と太一郎は色めきだった。

　それ故懸命に尾行した。頑張りすぎて全身に力が漲《みなぎ》り、その気配が、先方にも伝わってしまったのかもしれない。

　堀井は不意に足を速めて路地裏に駆け込むと、そのまま姿を晦《くら》ませてしまった。慌ててあとを追ったが、堀井の足は存外速く、結局見失った。

　既に日も没し、あまり土地勘のないところを捜索するのはほぼ至難の業《わざ》に思われたが、太一郎は諦めなかった。これまで動きのなかった堀井が、折角《せっかく》動き出してくれたのだ。ここで諦めてしまっては、次の機会はいつ訪《おとず》れるかわからない。

それ故太一郎は、姿を消した堀井を求めて懸命にそのあたりを探しまわったが、結局発見できなかった。

(矢張《やは》り、目的の人物との密会だったのだろうか)

思うと、見失った己の不甲斐なさが情けなく、見失った場所を、いつまでも虚《むな》しく徘徊《はいかい》し続けた。何処《どこ》かに白木蓮《しろもくれん》が咲いているらしく、路上には甘酸っぱい芳香が漂い、時折太一郎の鼻腔を刺激する。

四半刻あまりも経ったろうか。

(矢張り俺はこの仕事に向いていないのではないか……)

ぼんやり思いはじめたとき、
ぎゃッ、
何処かで、低い男の悲鳴を聞いた。

太一郎は画然《かくぜん》声のしたほうに向かって走った。走りながら、鋼《はがね》の弾《はじ》ける音を聞いた気がした。仕事柄、刀を抜く気配には人一倍敏感になっている。

(二人…いや、三人はいるか?)

すぐ近くで、激しい斬り合いがはじまったことを、太一郎は察した。斬り合いをしているのが堀井とは限らないが、とにかく、すぐ近くでなにかが起こっていることは間違いない。

太一郎はその姿を求めて暗がりの路地裏を駆け抜けた。しかし、斬り合いをする武士の姿は路地の何処にも見出せなかった。

(気のせいか)

諦めて、漸《ようや》く帰路に着こうかと思ったその矢先、遂に見出した。板塀に凭れ、動けなくなっているその男・堀井玄次郎を――。

いや、はじめはそれが堀井だとはわからず、暗がりの中で、座り込んだきり動けなくなっている者がいる、とだけ認識した。

ひと目見て、その者が息をしているかしていないかを判断することはできなかった。だから恐る恐る近づき、しばし凝視した。大きく開かれたその口から、何故僅かも声が漏らされていないのか、疑問に思いながら。

「堀井殿？」

答えがないと承知の上で、太一郎はもう一度問いかけた。

「如何なされた？」

問いかけた次の瞬間、だが太一郎は背後にいやな気配を感じた。前には死骸。背後には何者かが迫っている。太一郎は仕方なく、身を翻《ひるがえ》しざま、なにもない筈の右方向へと飛び退いた。

「…………ッ」

声もなく忍び寄った気配が、不意に白刃の鋒《きつさき》を鋭く向けてきた。僅かに身を捩《よじ》ってそれを避けざま、

「何者だッ」

太一郎は反射的にもう一度飛び退いた。今度は左側へ。飛び退く際、無意識に刀の鯉口を切っている。

ガッ、

振り下ろされる鋒を、間一髪《かんいっぱつ》抜きはなった刃で受け止めた。受け止めつつ、すかさず鍔元《つばもと》を返し、逆に鋒を相手に向ける。

「おのれッ」

威嚇のため、こちらから間合いを詰めると、敵はあっさり後退した。

「曲者《くせもの》、待て！」

太一郎はつい声をあげる。すると、

「それはこっちの台詞《せりふ》だぎゃ」

後退《あとじさ》りつつ、男が言い返した。

三十がらみの、目つきの鋭い武士である。身ごなしに隙がないのは、腕のたつ証拠だ。

「堀井殿を斬ったのは貴様だろう」

「なにっ？」

「この人殺しめッ」

「ち、違う！」

太一郎は慌てた。

斬殺された死骸とその傍《そば》に佇《たたず》む男——。確かに、勘違いされても仕方のない場面である。

「この数日、堀井殿のあとをこそこそつけまわしていたというのは貴様だろう。堀井殿は、何者かに見張られているようだ、と恐れておられた」

「そ、それは……」

太一郎は口ごもるしかない。

相手はどうやら、堀井玄次郎の知人であるらしい。何者かにあとを尾行けられている、と聞いてその身を案じ、身辺の警護を申し出たのかもしれない。

「貴様、何故堀井殿を……」

「違う！　拙者は、役儀によって――」

言いかけて、だが太一郎は途中でやめた。

内偵のことを、迂闊《うかつ》に余人に知られるわけにはいかない。

「なんだ？」

「い、いや、その……」

「答えれまい。あだにあやしい奴だぎゃ」

「…………」

「お、各々方《おのおのがた》～ッ」

後退りつつ、男は声を張りあげた。

何故彼が太一郎と刃を交えることを避け、じりじりと後退っていたのか、そのとき漸く太一郎にも解った。

男の声に応じて、その背後から、ばらばらと、複数の武士が現れたのだ。未だ刀こそ抜いていないが、皆、左手を鞘に添え、鯉口を切っている。

彼らが、抜き連れた刀を揃って太一郎に向けるまで、じっと立ち尽くして待っているほど愚かなことはない。

（いっそ、名乗るか？）

一瞬間思案したが、太一郎は、すぐにそれが無謀であることを覚った。

名乗れば、結局堀井に対する内偵のことを話すことになる。それはできない。いや、それ以前に、太一郎のその風体《ふうてい》だ。内偵の際には、そのほうが都合がよいため、平素城へ出仕するときの紋服ではなく、古着屋で買った木綿の単衣《ひとえ》を着流した浪人風体である。浪人の姿であれば、どのような場所へでも出入りし易く、見咎められることも少ない。

だが、その怪しげな浪人風体が、いまは太一郎の足枷《あしかせ》になっていた。

コソコソと人のあとを尾行けまわしていた怪しげな浪人者――即ち、金で雇われた刺客と思われても仕方ないだろう。

ならば、この場で太一郎がとるべき道は唯一つ――。

とにかく刀を退き、踵《きびす》を返して直《ただ》ちにこの場を離れることだ。

「あ、待て――」

「人殺しッ」

「逃すな！」

ほぼ同時に、複数の怒声が太一郎の背に降りかけられたが、かまわず走った。

こみ入った路地裏を、行き先もわからず走りまわれば畢竟《ひっきょう》迷うということは目に見えていたが、いまはとにかく、逃げるしかない。

しばし、太一郎は走ることに没頭した。

足音と怒声が交互に迫り来る錯覚の中、太一郎は懸命に走った。

やがて息が切れ、足を止めたとき、果たして太一郎にはそこが何処なのか、全く見当もつかなかった。

びぃいいいい～ッ、

闇を劈《つんざ》くような音が、不意にけたたましく夜の静寂をうち破った。

梟《ふくろう》の鳴き声にしては、些《いささ》か激しすぎる。間違っても、人の泣き声ではないだろう。

(呼子《よびこ》か？)

太一郎の耳にはそう聞こえた。無意識にビクリと体が震える。すっかり、逃亡者の心持ちになっている。

だが、通常目明かしや同心が呼子を吹いて仲間を呼ぶのは、追跡の途中で下手人《げしゅにん》を見つけたときのことだ。太一郎は、下手人として捕り方に認識された覚えはない。

（どうしてこんなことに……）

板塀に凭れて呼吸を整えながら、太一郎は思った。天上で瞬《またた》く微《かす》かな星明かりだけが、いまは逃亡者の心のよすがである。

堀井玄次郎という人物について彼が知ることといえば、勘定吟味役与力を、かれこれ五〜六年ほど務めている、ということ。齢《とし》は四十二。妻とのあいだには二男一女があり、代々同じ職を勤める家の後継ぎとして生まれ育った、ということだけだ。

役目を利用して、商人たちから賄賂《わいろ》をせしめている、という噂があり、堀井の身辺を調べよ、という密命を太一郎が受けたのは、半月ほど前である。

今回は若年寄直々《じきじき》の命《めい》ではなく、目付《めつけ》を通じて組全体に下された命だが、実際に動くのは、組頭の太一郎も含めて数人の徒目付《かち》だけだ。

いや、極端な話、まともに内偵を行っているのは、太一郎一人といってもよかった。小役人の不正など、日常茶飯《さはん》といってよいほどよくあることで、長くこの役目に就《つ》く者たちは皆、本気で内偵などしない。或いは、小役人が小金を持っていそうな相手なら、ちょうどよい小遣い稼ぎとなることもある。もし本当に不正を行っている証拠が出れば、そのことをネタに内偵相手から金を出させ、「なにも証拠はあがりませんでした」「噂は間違いでした」と目付に報告する。

結果が出せないからといって、上役もそれほど厳しく責めてはこない。

しかし生真面目な太一郎は、そんな役目にも一生懸命になった。

太一郎の役目は、堀井の不正の証拠を摑むとともに、その不正によって利益を得ている商人をあぶり出すことである。それ故堀井の行動を探っていた。残念ながら、今日までなにも摑めてはいない。

(しかし、一体誰が、堀井を殺したのだろう)

太一郎は思案した。

内偵のことを知り、堀井の口から悪事が漏れることを恐れた悪徳商人の誰かが、口封じの目的で殺した、と考えるのが妥当である。だが、太一郎の内偵がはじまった途《と》端《たん》に殺害されたところをみると、そんな単純な問題ではないのかもしれない。

(だいたい、知人を装っていたが、あいつこそ、怪しいではないか)

太一郎は改めて思い返す。

(言葉つきには妙な訛《なま》りがまじっていたし、それになにより、あの太刀筋……)

太一郎には他流試合の経験は殆どない。しかし、同門の者と対峙《たいじ》すれば、その構えや呼吸で、なんとなくそれと察することはできる。

(あれは、新陰流ではないだろうか)

漠然と、太一郎は感じた。全くの同門と断じるには、なにかが微妙に違っている。同門でなくとも、祖を同じくする流派の型や構えであれば、よく似ていても不思議はない。太一郎が学んだ直心影流《じきしんかげりゅう》は、新陰流を祖流としているため、〈転《まろばし》〉をはじめ、新陰流の技法を数多く踏襲していた。

(だが……)

太一郎は無意識に首を傾げる。

かつて、新陰流の宗家であった柳生《やぎゅう》家は、将軍家指南役として栄えたが、加増されて大名となったあとは、江戸での新陰流は次第に廃《すた》れていった。

(いまでも新陰流がさかんな土地といえば、尾張だが……)

そこまで考えて、太一郎の不安は底無しに深まる。

(また、面倒なことにかかわってしまったのかもしれん)

内偵の仕事を何度かこなすうちに、太一郎も、だいぶ鼻がきくようになってきた。生き抜くための知恵が身についてきた、と言ってもいい。

(それにしても、ここは一体何処なんだ?)

闇に目をこらす。

堀井の自宅は、来嶋《きじま》邸からさほど遠からぬ岩本町《いわもと》玉池稲荷《たまいけいなり》の近くである。

だが、今日の堀井は、下城後自宅に向かわず、日本橋《にほんばし》方面に足を向けていた。言わずもがな、商家が多く、料亭なども多い。おそらく堀井は、誰かと密かに会うのだろうと予想した。

その密会相手こそ、堀井が袖の下と引き換えに便宜をはかっている悪徳商人に違いあるまい、とも確信した。

箱崎川《はこざきがわ》の川端を歩いているとき、ふと堀井が足を速めだした。尾行に気づいてまこうとしているに違いない。太一郎は懸命にあとを追った。

しかし、結局まかれた。このときには、堀井を保護する者たちの存在になど、全く気がつかなかった。

堀井を見失ったのは、材木町《ざいもく》の二丁目から三丁目のあいだあたりである。堀井の死骸を見つけたのも、おそらくそのあたりだ。

それから、何処をどう走ったかという記憶も定かでない。これから家に帰るのもひと苦労である。

こんな形《なり》だし、とにかく、誰にも見咎《みとが》められずに家まで帰り着きたい。路地を出て、広い通りへ出てみようと考え、一歩踏み出したとき、

「来嶋様」

不意に背後から、ひっそりとした声音《こわね》で呼びかけられた。

（…………）

太一郎は咄嗟《とっさ》に悲鳴を堪《こら》えた。女の声音だが、それだけに一層怖ろしい。反射的に、刀の柄に手がかかった。

「何処へ行かれます？」

「…………」

息を止めたまま、まさに鯉口を切ったとき、

「まさか、真っ直ぐご自宅へ戻られるおつもりではございますまい？」

「え？」

女のやわらかな口調に、太一郎は戸惑った。

「このまま戻られるのは、危のうございますよ」

「…………」

「残念ですが、木戸《きど》で止められます」

ひそやかな囁《ささや》き声ながらも、女の声には聞き覚えがあった。女から殺気が感じられぬことを充分に確かめてから、太一郎は刀から手を離し、ゆっくりとそちらを顧《かえり》みた。

「木戸で？」

問い返しつつ、両手をだらりと下げて見せたのは、攻撃の意志がないことを相手に知らしめるためだ。

「あなた様の人相風体は、辻斬《つじぎ》りの下手人として、既に番屋に届けられております」

「つ、辻斬りだとッ！」

太一郎は忽《たちま》ち仰天する。

「わ、私がッ！」

「あんなところを見られてしまったのですから、しかたありません」

女の声音には、気の毒そうな気色《けしき》が感じられた。

「しかし、私は……」

「来嶋様」

女は再度、窘《たしな》めるような声音を発した。

それで漸く、太一郎も我に返る。

「あ、あなたは…嶌《しま》殿？」

仄暗い闇の中にひっそりと佇《たたず》んでいるのは、粋なよろけ縞《じま》の着物に兵庫髷《ひょうごまげ》——三味線《しゃみせん》こそ抱《かか》えていないが、如何《いか》にも門付《かどづ》け風の身なりをした女である。顔は、板塀に射す月明かりの所為《せい》で翳《かげ》っているが、そもそも太一郎はその女の顔を知らない。さり

気なく視線を投げて見据えようとしたとき、

「ご覧になってはいけません」

ピシャリと窘《たしな》められて太一郎は戸惑った。

「え？」

「闇に生きる者の顔など一々見覚えていては、お命が幾つあっても足りませせぬぞ」

「…………」

嶌の厳しい口調に、太一郎は言葉を失ったが、

「だ、だが、それでは何故、ここに？」

すぐに素直な疑問を相手にぶつけた。

「私には私のお役目がございます」

事も無げに嶌は応え、太一郎に近づく。意外に美しい白い面《おもて》が自分のすぐ近くにあることに、太一郎は内心狼狽《ろうばい》した。だいたい、顔を見るな、と言ったくせに、自ら見せているのはどういうわけだ。

(そういえば、かなりの美女だと、出海《いずみ》殿もおっしゃっていたではないか)

昂《たか》ぶる気持ちを鎮《しず》めるため、太一郎は己に言い聞かせる。

「それで、あなたのお役目とは？」

「え?」

 嶌が意外そうな顔で太一郎を見返した。まさか、ここで問い返されるとは夢にも思って いなかった顔つきである。

「京極《きょうごく》様の配下であるあなたが、如何なるお役目にてここにおられる?」

「正確には、ときの若年寄《わかどしより》配下、です。京極様お一人に仕えているわけではありませ
ん」

「そ、そうですか」

「なれど、ただいまこの瞬間は、京極様のお下知《げち》に従っておりまする」

言ってから、嶌は口中《こうちゅう》に低く含み笑った。ゾッとするほど艶《つや》っぽい笑顔であった。

「それは、一体どういう——」

「とにかく、いまはお姿を隠されることとです、来嶋様」

言いかける太一郎の言葉を途中で遮《さえぎ》り、強い口調で嶌は言う。

「し、しかし、隠すと言っても、一体どうすれば……」

太一郎が容易《たやす》く困惑すると、

「こちらへ——」

その太一郎の手を不意に摑むなり、嶌は強引に誘《いざな》った。

「ど、何処へ……」

太一郎は益々戸惑うが、

「町方が迫っておりますよ」

「………」

耳許に囁かれる嶌の言葉に、とりあえず素直に従うしかなかった。

いまここで、堀井殺しの疑いをかけられ、町方に拘束されるわけにはいかない。己の素性とその職務を告げれば、或いは疑いは晴れるかもしれないが、できればそれはしたくない。

それ故太一郎は嶌に促されるまま、彼女の誘うほうへと足を向けた。

「ところで嶌殿、ここは一体、何処なのですか？」

問いたい気持ちを必死で堪《こら》え、急《せ》かされるまま、一途《いちず》に足を速めるしかなかった。

二

「お酒はいかが、黎《れい》さま？」

「う…ん」

妓《おんな》の問いかけに対して、黎二郎は気のない返事をした。

吸いさしの煙管《キセル》を片手に、ぼんやり窓の外を眺めている。別段そこに、彼の目を惹《ひ》くなにかがあるわけではない。毎夜変わり映えもしない吉原の夜景と、疎《まば》らな星空があるだけだ。なのに黎二郎は、廓《くるわ》に登《あが》楼ってからというもの、ずっとその有様《ありさま》だった。

未だ、妓の体に触れてもいない。

「どうなさいました、黎さま？」

だが、馴染みの妓のもとに来ているにしてはあまりにつれない男の態度に機嫌を悪くすることもなく、根気よく美雪《みゆき》は尋ねる。

「許婚《いいなずけ》のお嬢さんと、喧嘩でもしたんですか？」

「………」

煙管の灰を、ポンと煙草盆《たばこぼん》に落としながら、黎二郎は漸く美雪を顧みた。

「図星ですか？」

「いや、女ってのはわからねぇな、美雪」

「なにをおっしゃいますやら……」

美雪は仕方なく苦笑する。

「女には、ご堪能でしょう」

「だと思ってたんだが、自信なくなったよ」

と意気消沈した黎二郎の顔を見るのは少しく楽しいが、矢張り気になって仕方ない。惚《ほ》れた弱みだ。

「で、どうなすったんです？　美緒《みお》様に、なに言われたんです？」

「櫛《くし》を贈ったのに、歓ばれなかった」

「え？」

「いくら武芸自慢の女丈夫《おんなじようぶ》でも、櫛をもらっていやな顔をする女子はいないからって、母上が言うから、折角《せっかく》似合いそうなのを見立てて、買ってったんだぜ。それが――」

「美緒様は、歓ばなかったのですか？」

「いや、歓ばなかったわけじゃねえが……」

口ごもりつつ、交々《こもごも》と黎二郎は言う。

「そりゃ一応、『ありがとうございます』とは言ったぜ。嬉しゅうございます、とも。…けど、なんか、通り一遍ていうか、形ばかりっていうかよう――」

「形ばかり？」

「だから、もうちょっと、嬉しそうにしてもいいんじゃねえのかって、さ。……美雪だったら、もっと歓んでくれるだろ？」

「色里《いろざと》の女と、立派なお武家のお嬢様は違います」

「え？」

「色里の女が、お客の前で好い顔をしてみせるのは、お芝居でございますよ」

「それはそうだろうが……」

「お客様が贈り物をくだされば、それは嬉しそうな顔をして見せますよ」

「お前もか、美雪？」

黎二郎は真顔で問うた。

「お前も、俺に対して芝居をして見せているのか？」

「当たり前でしょう」

躊躇《ためら》いもせず、美雪は即答した。

「遊女にとって、お客はみんな同じです」

「………」

明らかに落胆し、傷ついたらしい黎二郎の顔つきを見ると、美雪はさすがに胸が傷《いた》む。だが、ここは心を鬼にしてとどめを刺すのだ。

「そんなこともおわかりにならず、廓に通っておられたのですか？」

「わかってたつもりだったんだが……」

黎二郎はすっかり項垂《うなだ》れ、母に叱られた少年のような顔をしている。

「とにかく、お酒を召しあがってくださいましな」

その黎二郎の手に盃《さかずき》をとらせると、美雪はそっと酒を注《つ》ぎかけた。

「ここは妓楼《ぎろう》ですよ。お酒も飲まず、女も抱かないお人が出入りするところじゃありません」

「美雪」

「飲ませてさしあげましょうか」

言うなり美雪は、ぼんやり彼女を見返したきり、注がれた酒を飲むのも忘れた黎二郎の手から、つと盃を取り返すと、自らの口に含む。

ひと口含んだその唇を、自ら黎二郎の口へと押し当てた。

「ん……」

戸惑いながらそれを受け止め、黎二郎は口移しの酒を飲み干した。

女にここまで挑発されて、なお木偶《でく》の坊《ぼう》のように無反応なら、男をやめたほうがいい。

「もっと、飲ませて…くれよ」

貪《むさぼ》るように唇を重ねながら、黎二郎は美雪の華奢な腰に手をまわし、抱き寄せた。

それから寸刻後——。

「黎さま、堪忍《かんにん》……」

泣き声にも似た美雪の喘《あえ》ぎ声が、黎二郎の耳朶《じだ》奥を甘く擽《くすぐ》っていた。

その腕は、男の首にまわされ、ときに強く、ときにせつなく縋《すが》りつく。

一度男の腕に堕《お》ちてしまえば、最早逃れる術《すべ》はない。それを承知した上で、美雪は黎二郎を挑発した。

「あぁ」

深い吐息《といき》のような声を洩らすと同時に、美雪の全身から、力が抜け落ちた。そっと唇を押し当てても、美雪の唇は最早《もはや》その愛撫に応える力を持たない。

美雪の体が意識をなくしたことを確認して、黎二郎もそのまま眠りに堕ちた。

一刻か半刻か——。

しばし微睡《まどろ》んだ後、黎二郎はふと目を覚ます。

表で、派手な怒声があがっていた。

「なんだ?」

「え?」

傍《かたわ》らで寝ていた美雪もまた、弾《はじ》かれたように目を覚ます。

「いやに喧《やかま》しいな」

「近頃、ガラの悪いのが多くて……」

「客か？」

「ええ。喧嘩が絶えないんですよ」

と美雪が応えた直後、

「この野郎ッ」

「ぶっ殺してやる！」

ぐぁらぐぁらぐぁら……

罵《ののし》りあう男の声音と、激しく何かが崩《くず》れる音とが重なって聞こえた。

「おいおい、浮世を忘れる桃源郷で、なにやってんだよ」

黎二郎は身を起こし、枕元に置かれた煙草盆を無意識に引き寄せる。

「あ、黎さま、私が――」

慌てて美雪が手を伸ばし、黎二郎のその手から煙管を奪った。

慣れた手つきで葉を詰め、火をつけて、吸いさしを黎二郎の手に持たせる。

美雪から渡されたそれを、ひと口深く吸ってから、

「女と遊ぶために吉原《なか》まで来て、野郎同士で喧嘩しようって気が知れねえな」

言葉とともに、黎二郎は煙を吐き出した。

「それだけ、つらいことが多いのでは？」

「だから、そのつらいことを忘れたくて、男はこういうところへ来るんだぜ。束の間でも、つらい浮世を忘れてぇじゃねえか」

「きっと、忘れられないんですよ」

「え？」

「浮世がつらすぎて——」

「そうかなぁ」

煙を吐きつつ、黎二郎は首を傾《かし》げる。

「だいたい、奴らなにが不満で喧嘩するんだよ。理由がわかんねえや」

「馴染みの妓が他の客についてるとか、理由なんていくらでもありますよ」

「え〜ッ、そんなことで腹立てるのか？」

「黎さまは、腹が立ちませんか？」

「だって、しょうがねえだろ。妓をてめえ一人のもんにしてえなら、身請《みう》けするしかねえだろう」

「それはそうですけど……」

応えて、美雪は小さく吐息を漏らした。

先刻までの黎二郎とは、別人のようだった。いや、そもそもこちらの黎二郎のほうが、本来の彼なのだが。

久しぶりに黎二郎が来てくれて、嬉しい。嬉しくて嬉しくて、たまらなかった。できれば泊まっていってほしい。

「だったら黎さま、うちの用心棒になってくれません？」

「え？」

「黎さま、伝蔵《でんぞう》親分の用心棒はおやめになるのでしょう？」

「ああ」

「だったら、うちの用心棒になってくださいましよ」

「なんで、俺が？」

気のない顔つきで問い返しざま、煙管の灰を煙草盆に落とす。

「だって黎さま、廓がお好きでしょ」

「ああ、好きだよ」

「だったら、護ってくださってもいいでしょう」

「俺なんかがしゃしゃり出なくても、吉原《なか》には立派な首代《くびだい》の兄さんたちがいるだろう」

「それはそうなんですけど……」

美雪は執拗《しつよう》に食い下がる。

「でも、近頃のお客は、本当にタチが悪いんですよ。…ホントに、ちょっとのことですぐ腹を立てて暴れるし、花代踏み倒そうとするし……」

「花代踏み倒す？」

黎二郎の表情がピクリと動いた。

「ええ、実際に踏み倒されて、泣く泣く身銭《みぜに》を切る羽目になった女郎《じょろう》もいるんですから」

「ひでえな。女郎の身銭は、いってみりゃあ、血肉を切り売りするようなもんだ」

「ええ、そのとおりです。……そのおかげで、また年季《ねんき》が何年も延びちまうんですからね」

「許せねえ」

黎二郎は怒りを露《あら》わにした。

「でしょう？」

「そんな奴らは、俺がぶっ殺してやる」

「じゃあ、この《山吹屋《やまぶきや》》の用心棒になってくださいますね」

「なってもいいが、俺は、ただ働きはしねえよ」

「え？」

「高くつくぜ。いいのか？」

「あたしの花代じゃ、駄目かしら？」

「なんだよ、それ」

「だから、あたしが、黎さまを雇う、っていうのはどうかと思って……」

「馬鹿言うな」

「だって……」

「お前の血肉を、俺が食い物にできるわけねえだろうが」

「…………」

「そんなことできる奴ぁ、女抱く資格ねえんだよ」

言い切って、黎二郎はふと手を伸ばし、枕元の障子を小さく開けて階下を見る。

路上、最前から大声で言い争う声が聞こえるあたりには、既に人集《だか》りがしていた。

女をめぐる諍《いさか》いはもとより、吉原での喧嘩騒ぎなど、別段珍しくもない。

見世《みせ》に登楼《あが》る客は、登楼る際、刀を預けるきまりなので、刃傷《にんじょう》沙汰にまでは発展し難い。素手《すで》で殴り合うような諍いなら、首代と呼ばれる強面《こわもて》の若い衆《し》がすっ飛んできて、力ずくで抑えつける。屈強な者が多いので、素手でも充分対応できた。

もとより、浮世を忘れるための遊里である。なるべく、町方を呼ぶなどという無粋な真似はしたくない。

だがそのために、諍いが長びいてしまうことは、必ずしも見世のためにはならない筈だ。

「お客さん、このまま黙って引きあげていただけるなら、役人は呼びません」

楼の主人か若い衆かはわからぬが、底低い声音がひそやかに述べるのを、黎二郎は聞いた。

「や、やかましいッ。小菊《こぎく》を出せ、って言ってんだよ」

だがその男は、依然として怒声を発し続けている。

(妙だな)

黎二郎は耳を傾けた。

怒り狂っている筈の男の声音からは、怒りの感情が感じられなかった。怒ってもいないのに、怒っているふりをする。

「黎さま？」

「ちょっと、見てくる」

言うなり黎二郎は部屋を飛び出そうとしたが、すぐに、己が全裸だということに気づいて引き返す。素裸に緋色《ひ》の襦袢《じゆばん》を羽織っただけで再び飛び出した。

季節柄、裸に夜風を浴びてもそれほど寒さは感じない。寧《むし》ろ、火照《ほて》った膚《はだ》には心地よいくらいだ。細い階《きざはし》を駆け降り、途中から、勢いよく入口の土間へと飛び降りた。

格子の中にいた遣《や》り手や新造たちは束の間その姿に見入る。

「小菊を出せと言ってるのがわからねえのかよッ」

格子の外で喚《わめ》いているのは、年の頃なら三十がらみ、色褪《あ》せた藍弁慶《あいべんけい》の裾《すそ》をからげ、薄汚い脛《すね》を剝き出しにした、見るからにガラの悪い男であった。

「ですから小菊は具合が悪くて臥《ふ》せってるんですよ。また日を改めて、いらしてください」

「見えすいた嘘ついてんじゃねえぞ。どうせ、他の客についてんだろうがようッ」

真っ赤な口腔を惜しげもなく見せて吠える男の言うとおりだろう。

先に客がついてしまった妓を別の客が指名した場合、見世側が正直にそれを言うことはない。妓が、大見世の太夫《たゆう》級であれば、あえてそれを明かすことで、客同士の競争心を煽《あお》るということもあるが、山吹屋のような小見世では、そんな駆け引きは無意味である。折角執心している客に、自分の他にも馴染みの客がいると知れば、大抵の男は尻込みしてしまう。

だから、見えすいた嘘と言われようが、見世の若い衆や遣り手たちは同じ言葉を客に告げる。商売女とわかっていても、折角惚れて通いつめるのだ。誰でも、自分だけの女だという夢をみていたい。わざわざ夢を覚ます必要はない。それ故、他の客の存在はなるべく匂わせないようにする。

「小菊を出せって言ってんだよッ」

折角の見世側の配慮を無下《むげ》に退《しりぞ》け、男はひたすら喚き続けた。だが、声の大きさの割には、その目は存外冷めていて、いまにも相手に摑みかかろうとしているようには見えない。

(どう見ても、女に執心してる男の目つきじゃねえな)

その男の様子をしばし観察してから、黎二郎はつかつかと進み出た。

「おい、いい加減にしなよ」

「な、なんだ、てめえはッ」

長身の黎二郎を目の前にして、男は明らかに狼狽した。

「旦那」

顔馴染みの若い衆が黎二郎に呼びかけるのを横顔で無視して、

「小菊は病《やまい》だと言ってんだろ。ここはおとなしくそれを信じて引きあげるのが、吉原の流儀だぜ」

極力抑えた声音で、男に言った。当然、相手の怒りの火に油を注ぐことを承知の上で。

「なんだと、てめえッ」

男は本気で激昂した。

怒声とともに殴りかかってくる拳《こぶし》を鼻先で躱《かわ》し、黎二郎はその手首をすかさず摑む。

「この野郎ッ」

男は猛然と叛意を示し、暴れるが、黎二郎の摑み方はその程度で逃れられるものではない。

「お前、小菊に会いに来たなんて嘘だろう」

「な、なにを……」

「女に惚れてる男だったらな、惚れた女が病と聞いて、その身を案じこそすれ、怒り狂って大騒ぎするなんざ、あり得ねえんだよ」

「う…ぎゃッ」

男が短く悲鳴をあげたのは、黎二郎に締め上げられた手首に、次第に力が込められていたためだ。

「痛《いて》ッ」

「旦那、もうそのくらいで……」

若い衆が見かねて口を出したくらい、男の苦痛の表情は甚《はなは》だしいものだった。

「こいつは番所につき出したほうがいいな」

「え？」

黎二郎に捕らえられた男と若い衆はほぼ同時に問い返した。

吉原には、大門《おおもん》を入ったところに門番所があり、町奉行所の隠密廻《おんみつまわ》り与力と同心が常駐している。夜間は数人の目明かしが見廻りをしており、不審な者を見つければ容赦なく番所へと引っ立てる。

だが、廓の中で騒ぎが起こった場合、廓側は、できるだけ内々にそれを収めようとするのが常だ。刃傷沙汰《にんじょうざた》など、それこそ見世の評判にかかわるからだ。

「こいつ、懐《ふところ》に刃物持ってるぜ」

「え」

若い衆とその男は同様に驚いた。捕らわれながら、男が懸命に自らの懐へ手を差し入れようとしているのを、黎二郎は見逃していなかった。

「ほらよッ」

言うが早いか黎二郎は男の懐を乱暴にまさぐり、ひとふりの匕首《あいくち》をさぐり出している。

「廓に刃物持ち込もうなんざ、とんでもねえ野郎だ。大事な妓に傷でもつけられちゃかなわねえだろ。番所に突き出して、金輪際《こんりんざい》見世には出入りさせねえこった」

後ろ手に搦《から》めた男の体を若い衆の手に預けながら黎二郎は言ったが、言った次の瞬間、彼の目は、意外なところに釘づけられていた。

(え? 兄貴?)

鉄漿溝《おはぐろどぶ》の向こう岸——即ち、吉原の外堀沿いを行き過ぎる人群れの中の一人に。

(あんなところで、なにやってんだ?)

だが黎二郎は、すぐに自ら首を振った。

(まさかな)

身なりも別人のように見窄《みすぼ》らしいし、なによりあの兄が、こんなところをうろうろしているわけがない。剰《あま》つさえ、まるで道行《みちゆき》もさながら、粋な女に手をとられるようにして。

(あり得ねえ。…あの兄貴が女と二人連れなんて、絶対にあり得ねえ)

もう一度目をこらしてみたが、もとより求める人の姿は既にそこには見あたらなかった。

三

「待たんか、順三郎《じゅんざぶろう》」

呼び止められて、順三郎ははじめて我に返った。履物《はきもの》に足を載せたまま、孫四郎《まごしろう》を振り仰ぐ。

「無視するなよ」

少しく不機嫌な顔をする孫四郎に、

「すみませぬ、孫四郎殿」

順三郎は素直に詫びた。どうやら、講堂を出るまでのあいだ、何度も呼びかけられていたようだ。先を歩いていた他の学生たちのほうが孫四郎の声に足を止め、こちらを振り向いていた。

「ちと、考え事をしておりまして……」

「どうした、順三郎？」

「え？」

「今日は講義の最中も、ずっとうわの空だったろう」

目顔で促し、歩き出したときには、孫四郎は案じ顔で順三郎を覗き込んでいる。

「真面目なお前が、一体どうしたんだ？　まさか、二日酔いってわけはないよな？」

「私は酒をたしなみません」

「わかってるよ」

いつもながら馬鹿正直な順三郎の答えに、孫四郎は苦笑する。

「だから、そんなお前が、なんで朝から浮かない顔してるのか、訊いてんだよ」

「別に、なにも……」

「なんだよ、また、それかよ」

「え？」

「俺はお前のことを無二《むに》の友だと思っているのに、いつまでたっても、お前は全然俺に心を開いてくれない」

「そ、そんなことはありません。孫四郎殿は私にとって、はじめてにして無二の友だ

「だいたい、その敬語がおかしいじゃないか。それが友に対する言葉づかいかぁ？」

と思っております」

「仕方がないでしょう。そんな急には変えられません」

一方的な孫四郎の言い分に、順三郎は閉口《へいこう》した。

京極孫四郎。なにを隠そう、ときの若年寄・京極備前守《びぜんのかみ》高久《たかひさ》の末子だ。早い話、大名の子息である。気後《きおく》れしないほうがどうかしている。

（だいたい、友として心を開くとはどういうことなんだ）

順三郎は困惑し、深く頭を垂れる。

果たして、なにから話せばよいというのか。

昨日から、長兄の太一郎が帰宅していない。内偵の仕事に就いているだけだ、なにも心配することはないのだ、と義姉《あね》は言ったが、その義姉の顔は真っ青で、誰よりも心配していることは明白だった。

義姉が、どれほど兄の身を案じているのかと思うと、順三郎の胸も締めつけられるように痛んだ。

（孫四郎殿に打ち明ければ、少しは事態が好転するだろうか）

孫四郎の父・京極備前守は若年寄だ。

即ち、兄の太一郎にとっては最上位の上司にほかならない。だったら、今回の内偵も、備前守から発せられたものではないのか。

「おい、順三郎、腹でも痛いのか？　大丈夫か？」

「腹など痛くありません」

やや憮然として順三郎は応えた。

「だが、顔色が悪いぞ」

「あまり、寝ていないもので……」

「どうして？　昨日はたいした課題は出ていないぞ」

「そ、それは……」

しばし逡巡《しゅんじゅん》してから、矢張り、自分の家の中のことを友に語るのはあまり宜《よろ》しくない気がして、順三郎は言うのをやめた。

「別に、なんでも。……遅くまで書を読んでいただけです」

「何の書だ？」

孫四郎を振り切り、早足で先を行こうとする順三郎の背を追いつつ、

「なあ、何の書だよ？　そんなに面白い書物なのか？」

なお執拗に孫四郎は問うた。

「なんでもありません。……ただの読本《よみほん》ですよ」

「そんなに面白いなら、俺にも貸してくれよ」

「孫四郎殿が読まれるような本ではありません」

「どういう意味だよ」

「ですから、若年寄様の御子息が読まれるようなものではないと言ってるんです」

喉元までこみ上げた言葉を、だが流石《さすが》に順三郎は間際で呑み込み、

「私が読み終えたら、いつでもお貸しいたします」

存外すらすらと答えてのけた。

友である孫四郎とのつきあいがはじまって数ヶ月。如何に馬鹿正直な順三郎と雖《いえど》も、相手が最もいやがる言葉くらいはわかる。

「心配をおかけして、申し訳ありませぬ、孫四郎殿。でも、私は大丈夫です」

「本当に？」

「はい」

順三郎は精一杯力強く頷いた。

順三郎の言葉を、孫四郎が手放しで信じたかどうか、定かではない。だが孫四郎は、しばし考え込む様子を見せてから、

「だったら、これからうちへ来ないか？」

存外明るい口調で問うた。

「え？」

「な、いいだろう？」

「いえ、今日は……」

順三郎は忽《たちま》ち口ごもる。

「もういい加減慣れただろう？」

と孫四郎が言うとおり、京極家には既に何度も足を踏み入れている。最初のときほど緊張することはなくなったが、まだまだ慣れる、という域には達していなかった。

だが、順三郎が逡巡したのは、孫四郎が懸念するような理由ではない。

(兄上の身に大変なことが起こっているかもしれないときに、私だけが暢気《のんき》にこんなことをしていていいのだろうか)

という、順三郎自身の気持ちの問題である。

「どうした、順三郎？」

順三郎の顔色の悪さが、体調の問題ではないということに、孫四郎も漸《ようや》く気づいたのだろう。肩に手をかけて呼び止め、その顔をじっと覗き込んできた。

「………」

孫四郎の真剣な眼差しに、順三郎の心は容易く開かれた。京極家のお屋敷には慣れずとも、孫四郎という青年の友情には、さすがに馴れつつある。

「なにかあったのか？」

「実は――」

それ故順三郎は漸く重い口を開くことになる。

「兄上が、昨夜から帰っておられないのです」

「吉原に流連《いつづけ》か？」

「いや、そっちの兄ではなくて……」

順三郎は思わず口ごもる。

孫四郎とは、ほぼ毎日学問所で顔を合わせている。会えば当然、言葉を交わす。互いの家族構成と、ある程度の内情を知っていても不思議はなかった。

「というと、太一郎殿が？」

「ええ」

「太一郎殿が、何故？」

「お役目故だと義姉上はおっしゃるのですが……」

「お役目？　なんのお役目だ？」

「さあ、それは……」

「知らんのか？」

「兄上のお役目は内偵です。家族といえども、軽々しく話せるものではありません」

「しかし……」

お前はこうして、俺に話しているではないか、という言葉を喉元で呑み込み、

「それなら、徒《いたずら》に気を揉んでいても、仕方ないのではないか」

至極落ち着いた口調で、孫四郎は言った。

順三郎と同い年の若僧ながらも、二人の兄たちに溺愛され、甘やかされて育った順三郎と違い、大名家の末子に生まれ、大人たちの、欲望まみれな思惑の中で育ってきた孫四郎には存外世慣れたところがある。

「太一郎殿がなにを内偵されておられるのか、親父に訊いてみようか？」

「いや、それは、いくらなんでも……」

順三郎は狼狽《うろた》え、慌てて言い募る。

「若年寄様に、そのようなこと……」

「だが、気になるのだろう？」

「それは、まあ……」

「兄上のことが、心配なのだろう？」

強く問われ、順三郎は無言で頷《うなず》く。

「ならば、訊くくらい、いいだろう。親父だって、順三郎の兄上のことを頼りにしているからこそ、あれこれ命じるのだろうし」

「そ、そうでしょうか？」

「それはそうだろう」

自信たっぷりな孫四郎の言葉に、順三郎は何故とも知れぬ安堵を覚えた。それが孫四郎にも伝わったのだろう。

「それはそうと、なあ、順三郎、お前、あの噂、聞いてるか？」

しばし後、孫四郎は再び顔つきを変え、問うてきた。

「噂？」

「幽霊屋敷だよ」

と意味深《しん》な顔つきで孫四郎は言うが、順三郎は一向《いっこう》興味を示さない。

「三番町の四谷御門《よつやごもん》の側《そば》に、古い旗本屋敷があるんだが、二十年も無人の筈のその屋敷から、近頃人の声が聞こえることがあるそうだ」

「何方《どなた》のお屋敷です？」

仕方なく、順三郎は問い返した。

興味はないが、一応話を聞くのが友としての礼儀というものだろう。

「三千石の、菊池《きくち》という屋敷だそうだ。なんでも、主人が切腹してお家は断絶、屋敷は引き取り手もないまま、そのまま放置されているらしい」

「そういう経緯《いきさつ》でお取り潰しになった家なら、ご公儀がお召し上げになるのでは？」

「なにしろ俺たちの生まれる前の話だからなぁ、そのへんの事情はよくわからん。とにかく、屋敷は無人のまま、何年も放置されていたんだ」

「そうですか」

「なあ、行ってみないか？」

「え？」

「幽霊に会ってみたくないか？」

「野良猫でも棲《す》み着いたんじゃありませんか？」

「だからそれを、確かめてみないか？」

真剣な表情で問いかけられ、順三郎は閉口《へいこう》した。兄の太一郎の身になにが起こったか案じられてならないというのに、幽霊屋敷の見物になど行く気にはなれない。いや、仮に兄のことがなかったとしても、行く気にはなれなかっただろうが。

「孫四郎殿」

ふと容儀《ようぎ》を正して順三郎は友を見た。

「なんだ？」

「お父上…いや、若年寄様に、訊いていただけますか？」

「兄上のことか？」

「はい」

「訊いてみて、兄上のご無事が確認できたら、幽霊屋敷に行くか？」

「………」

順三郎はしばし答えを躊躇《ためら》ったが、

「そのとき、考えます」

考えた末に、至極当然の言葉を吐いた。

実際、兄が本当に無事かどうかは、彼の顔を見るまでわからないのだ。兄の無事と、
幽霊屋敷見物を秤《はかり》にかけられるわけがなかった。

四

湯の中でゆっくり四肢を伸ばすと、そのあまりの心地よさに、太一郎は陶然とした。

（ああ……）

体がほぐれるとともに、気持ちも忽《たちま》ち解き放たれる。

堀井の死体を路地裏で見かけてから、一夜が過ぎた。

家人が心配していようから、家に使いを出したいと言ったが、それはもう少し様子を見てからにしたほうがよい、と止められた。

若年寄・京極高久の手の者である伊賀者《いがもの》の頭《かしら》が言うのだから、仕方ない。

昨夜は、野宿とさほど変わらぬような掘っ建て小屋で夜を明かし、夜が明けてから、吉原からもほど近い、山谷橋袂《さんやばしたもと》のこの湯屋へ誘《いざな》われた。江戸にいる伊賀者たちの隠れ家であるということ以外、嵬は多くを語らず、太一郎も問わなかった。

ただ、夜間の移動よりも、木戸が開いてからのほうが人目を避けるには都合がよいのだという嵬の言葉は意外に思った。

確かに、夜間はあれほど鳴っていた呼子の音も途絶え、払暁の路上はシンと静まっていた。早朝の静けさの中、人目を忍ぶ移動は存外容易いものだった。

湯屋へ着くと、お疲れでしょうから、湯に入ってからお休みくださいませ、と勧められた。

「こんなに朝早くから、湯を沸かしているのか」

太一郎が感心すると、

「ええ、吉原が近いもので――」

苦笑しながら、嶌は答えた。

「朝帰りの遊冶郎《ゆうやろう》が寄ってくれます」

「朝湯とは豪勢な」

太一郎は更に感心した。

とはいえ、未だ湯屋の開く時刻ではないので、当然ながら一番湯だ。湯屋に行ったことのない太一郎には物珍しくもあり、少しばかり楽しみでもあった。

嶌から渡された真新しい浴衣を手に脱衣場に行くと、少々戸惑いながら着物を脱いで風呂場へ入った。家の風呂とは比べものにならぬ大きさの浴槽に目を見張りつつ、桶をとり、自らの体に湯をかける。湯の温かさに充分体を馴らしてから、太一郎はゆっくりと浴槽の中に身を沈めた。浴室内は湯気が満ちていて、まるで夢の世界を漂っているようだ。

(心地よいものだ……極楽とは、或いはこういうものか)

しみじみと思った瞬間、太一郎の意識は不意に混濁した。

「いけません、こんなところでお休みになっては。風邪をひきますよ」

すぐそばで、女の声がする。

ひっそりした声音に聞き覚えはなく、太一郎は慌てた。見知らぬ女が、いつのまにかすぐそばにいる。裸で湯に浸かっているのだ。

「そ、そなた――」

太一郎は焦り、慌てて風呂から出ようとした。すると、

「いけませんッ」

聞き覚えのある女の声音が厳しく制する。

「湯に浸かったら、ゆっくりと三十まで数えるのです」

母の香奈枝《かなえ》だった。

「しかし母上――」

滅多に口答えなどしない太一郎だが、これだけは言い返さずにいられない。

「湯が熱すぎます」

「黙りなさい。武士たる者、風呂の湯の熱さなど気にかけるものではありません」

「し、しかし……」

「俺は平気です、母上」

黎二郎がすかさず口を挟む。

膚《はだ》が焼けるほどの湯の熱さが全く苦にならぬのか、涼しい顔で笑っている。

「黎二郎」

太一郎は怒りにうち震えた。

子供の頃、風呂に入るときはいつも、黎二郎と一緒だった。それが苦痛でならなかった。日頃は、やれ飯がかたいだの、味噌汁がしょっぱいだの、母に文句ばかり言っているくせに、どういうわけか風呂の湯のことだけは文句を言わない。

「お前、本当に熱くないのか?」

「ああ、熱くないよ」

黎二郎の小面《こづら》憎い顔を太一郎はじっと睨み据えた。

(この湯が熱くないとは、こやつ、体の皮が特別ぶ厚くできているのであろう)

太一郎が内心憎々しく思ったとき、

「天晴《あっぱ》れですよ、黎二郎」

香奈枝が手放しで黎二郎を褒めた。

「戦国の昔、もののふは、煮えたぎる湯に飛び込んで己を鍛えたといいます。黎二郎なら、立派なもののふになれますよ」

「わ、私も、平気です」

太一郎は仕方なく、湯に浸かり直す。

熱湯に浸かってもののふになれるなら、安いものではないか。だいたい、黎二郎にできて、自分にできぬわけがない。だから太一郎はひたすら我慢した。兄たる自分が、弟に負けるわけにはいかないのだ。

(心頭滅却《しんとうめっきゃく》すれば火もまた涼し……熱くない、熱くないぞ。断じて熱くない……)

「旦那様」

妻の綾乃《あやの》の呼びかけで、太一郎はふと我に返った。

夢だ。夢を見ていたのだ。

ホッとひと安堵した矢先、

「私も、入らせていただいてよろしいでしょうか?」

「え?」

不意にとんでもないことを言われ、太一郎は驚いた。慎み深い妻が、丸裸になって男と同じ風呂に入るなど、あり得ない。

「おい、綾乃――」

「旦那さまは、最早私を女子《おなご》とは思うてくださいません」

「な、なにを言う。そんなわけがないではないか」

「いいえ、そうです」

「だからといって、綾乃、そのようなはしたない姿で……」

「はしたないとはあまりなお言葉！」

綾乃は忽ち顔色を変える。

「私は偏《ひとえ》に、来嶋家の後継ぎを産みたいと願っておりますのに、そこまで私をお嫌いとは……情けのうございます」

「ま、待て、綾乃、誰もそなたを嫌ってなどおらぬではないか」

太一郎は慌てて言い募るが、既に遅かった。既に綾乃の姿は何処にも見えず、ただ濛々《もうもう》たる白き帳《とばり》の中にいる。

「待て、綾乃――」

「お湯加減はいかがでございます？」

香奈枝とも綾乃とも違う女の声音が、不意に尋ねてきた。

「え？」

太一郎は漸く、うたた寝の夢から醒めた。

「嵩殿？」

「ここでは、半次郎《はんじろう》とお呼びください」

と答えた相手は、浴衣の裾を端折《はしょ》った粋な男衆で、声音もすっかり男のものである。

(なんと、ここまで化けられるものか)

太一郎は内心舌を巻く。

伊賀者が、役目のためにさまざまな姿に身を変え、人目を忍ぶことは知っている。しかし、ここまで見事に別人になりきるとは、思いもよらなかった。

「雉子《きじ》の湯の半次郎です」

と重ねて名乗った浴衣の若い衆が、まさか女とは、誰も、夢にも思うまい。元々、女にしては長身と見えたが、男の姿になると、更に数寸、背丈が伸びているように見える。

「長湯はお体に障《さわ》ります。脱衣場の隣の小部屋に床をのべてありますから、どうかそこでお休みを」

低い男の声音で告げて、半次郎こと、嵩は浴室から消えた。太一郎は素直に従った。

寝床に身を横たえると、すぐに睡魔が訪れた。

第一章　晩春の風

一

徒目付組頭・来嶋太一郎が、勘定吟味方与力の堀井玄次郎を内偵するよう命じられる以前——その如月《きさらぎ》の頃。

旗本来嶋家の邸内は、遅咲きの梅の香に満たされていた。

先代当主の未亡人である香奈枝は、このところあまり無用の外出をせず、新しい着物を仕立てることもなく、極めて静かな日常を過ごしている。

意外なことに、一日の大半を、近頃頓《とみ》に言葉を覚え始めた孫娘の世話を焼くことに費やしていた。

縁先に座って思い出の紅梅を眺めていても、幼女を膝に乗せ、その柔らかな髪を撫でていれば、それほど胸の傷むこともない。

「ほうら、千佐登《ちさと》、お花をご覧なさい。奇麗でしょう」

気がつけば、笑顔で幼女に話しかける自分がいる。

(私も、年をとった)

香奈枝の心中など知る由もない千佐登は、その小さな手を、いまにも自らの口に入れようとしている。

「うまうま……」

「いけませんよ、千佐登」

膝に抱き上げた幼女の手をそっと摑みながら、やや強い口調で香奈枝は言った。

「やぁ～、うまうまぁ」

祖母の胸に体を預けながら、幼女はその白い頤《おとがい》を見上げている。

「いけません。さっきまで、庭の雑草を弄《いじ》くりまわしていた汚い手をお口に入れたりしたら、お腹をこわしますよ。そなたのお気に入りのあの植え込みのあたりで、そなたの父はしょっちゅう粗相をしていたのですからね。……さ、お手々を洗いましょうね」

言いつつ幼女を抱いたまま蹲《つくばい》の前へ行き、その小さな手に手水《ちょうず》を使わせようとい。

「いやいや……」

千佐登は小さく抗《あらが》うが、所詮二歳の幼女の抵抗だ。香奈枝にとっては物の数ではない。

「ほうら、きれいになさい」

慣れた手つきで手水を使わせ、手拭いで拭う。

「ぬぅぬぅ……」

「そうそう、そうやって、お手々を拭くのですよ」

乾いた手拭いの感触が気に入ったのか、千佐登は香奈枝の手から手拭いを奪い、己が口許へともっていった。

「これこれ、いけない、と言っておろうが」

それを取り上げ、再び千佐登の体を抱えて縁先へ座り直しながら、だが香奈枝は視線をぼんやりと庭へ向けた。

ともに花を愛でるひとを喪ってから十五年、香奈枝はずっと、花を見ずに過ごしてきた気がする。他の花ならいくらでも見られるが、我が家の梅の花だけはどうしても見る気になれなかった。

年々歳々花相似たり

という唐詩を教えてくれたのも、勿論《もちろん》亡夫だった。

「のう、千佐登――」

孫娘の頭をそっと撫でつつ、香奈枝は言う。口調こそは、千佐登に向かって言い聞かせているようだが、相手が言葉を解さぬ幼女である以上、完全な独《ひと》り言だ。

「そなたの母上ときたら、二言目には、後継ぎの男子を産むのが武家の妻の務めだと言うが……男子でも女子でも、そもそも子供は授かりものなのですから、願ったからといって産めるものではないのにのう」

香奈枝の言葉が解るわけでもあるまいに、その腕に抱かれた千佐登は嬉しそうにニコニコと笑っている。

「そなたの母上も、情の強《こわ》いお人じゃ。後継ぎの男子に、何故そう拘《こだわ》るのであろう。後継ぎならば、そなたがおるではないか。……そなたに、よい婿《むこ》をとればよいだけのことなのにのう。……なまじ、我が子であれば、無用の期待をしてしまうが、血の繋がらぬ婿ならば、たとえ出来が悪くとも、諦めがつくというものじゃ」

「ばばさまぁ」

「なんじゃ、千佐登？」

「むこ、むこ……」

「おお、そうじゃ。婿がよいのう」

「むこ、むこ……」

「おお、そうか、そうか。……このばばの言うことが、そなたにはわかるのか。賢い子じゃのう……」

「おやめください、母上」

遂に堪えかねて、太一郎は声をあげた。

中庭に面した居間の入口に立ち尽くしてから、しばしのときが経っていた。帰宅したとき出迎えがなかったため、綾乃が他行《たぎょう》しているであろうことは察していた。しかし、ときには千佐登の世話などしていて迎えに出られぬこともある。

だから気にせず、一人で自室に入っていった。使いにでも出ているのか、女中のお吉《よし》の姿も見られなかった。

（なんだ、誰もおらぬのか）

さすがにちょっと心配になり、そのまま家の奥へと足を向けると、母の声が聞こえてくる。

(お出かけではなかったのか)

誰を相手になにを話しているのか気になり、足音を消して近づいた。

いつになく優しげな口調から、相手が千佐登だということは容易に知れる。

(母上も、千佐登にはお甘いのう)

もう何年も聞いたことのなかった香奈枝の、女性らしくもの優しい言葉つきにぼんやり聞き入ってから、

「男子が生まれねば、そなたに婿をとればよいのじゃ」

という母の言葉が不意に耳に飛び込んできて、太一郎は慌てた。

「よい加減にしてくださいませ」

「太一郎、戻ったのですか」

香奈枝は別段驚きもせずに太一郎を振り仰ぐ。

「気がつきませんでした。出迎えもせず、悪いことをしました」

「そんなことより、千佐登を相手に戯《ざ》れ言《ごと》はおやめくださいッ」

太一郎は思わず声を荒げた。

すると、香奈枝の腕の中から太一郎の姿を認めた千佐登がその声に驚き、いまにも

泣きそうな顔をする。

「子供の前で、大きな声をだすものではありません、太一郎」

「………」

香奈枝に窘《たしな》められると、太一郎は忽《たちま》ち勢いを失う。

「だいたい、なんですか、そんなところで黙って盗み聞きなどして、どういうつもりです」

「別に、盗み聞きなどしておりませぬ。…聞こえてきたのです」

太一郎はぼそぼそと言い訳した。

香奈枝を前にすると、どうしてもそうなる。

長年かけて培《つちか》われてきた習慣というか関係性は、そう簡単に打ち毀《こわ》せるものではない。

「まあ、盗み聞きしようとて、そなたには無理なこと」

「え？」

「我が子がすぐ身近にて息をひそめておるのに、気づかぬ母はおりませぬ。……そなたがそうして、突っ立っておることなど、私はとっくに承知しておりました」

「そ、そうなのですか？」

「それとも知らず、ったく、なんという女々《めめ》しきふるまいなのでしょう。それでも、男子ですか」

「………」

「言いたいことがあるなら、はっきりそう言えばよいでしょう」

「では申し上げますが、母上――」

遂にたまりかね、身を乗り出して太一郎は言った。但《ただ》し、声音は落とし気味である。

「千佐登に婿をむかえるなどと、ご冗談にもほどがありますぞ。もし万一、綾乃に聞かれたら……」

「綾乃殿はご実家に帰っておられる。聞かれるおそれはありませぬ」

「そ…うですか」

「あちらのお母様のお加減が悪いので、お見舞いです」

「えっ、義母上《ははうえ》のお加減が？」

太一郎は顔色を変える。綾乃の母は、太一郎にとっても義母《はは》である。ならば太一郎も見舞いに行くべきではないか。

そんな太一郎の心の襞《ひだ》をあっさり見抜いたのだろう。

「嘘です」

「えっ？」

事もなげに香奈枝は言い、太一郎はただただ呆気にとられるばかりである。

「綾乃殿が、気兼ねなく実家《さと》へ帰れるよう、嘘をつきました。そうでも言わねば、なかなか帰られぬ故――」

「し、しかし、何故、そのような……」

「綾乃殿は、たまにはご実家で羽を伸ばすのがよいのじゃ。そうは思いませんか、太一郎？」

「それはそうですが……」

太一郎はいよいよ眉間《みけん》を曇らせる。

「妻の里帰りが面白くないのですか？」

「いいえ、断じて」

「では何故、そんな顔をするのです」

「母上は、綾乃の実家……榊原《さかきばら》家へ行かれたことがおありなのではありませんか？」

「ええ、ありますよ、何度か。茶席に呼んでいただきましたからね」

「あの家で、果たして綾乃が、本当に羽を伸ばせましょうか？」

「…………」

香奈枝は一瞬間言葉を呑んだ。太一郎の言葉が妥当なものだと認めたからにほかならない。

だが香奈枝は、ここで息子の言葉に屈するほど、弱い意志の持ち主ではなかった。

「榊原家は、綾乃殿が生まれ育った家です。嫁ぎ先よりは、はるかに寛《くつろ》げるはずです」

「本当に、そう思われますか？」

執拗な太一郎の問いに、香奈枝は答えなかった。答えないということは即ち、太一郎の言葉がもっともだと思った証拠である。

そして、そんな香奈枝の僅かな戸惑いを、太一郎は見逃さなかった。

「とにかく、綾乃の前では、間違っても、『婿』などという言葉を口になさいませんよう、お願いいたします」

「そなた、母に意見するのですか」

「はい、我ら夫婦の問題でございますれば」

母の強い口調にも、太一郎は最早《もはや》怯《ひる》まなかった。

「千佐登に婿をとるなどと、まかり間違って綾乃に聞かれたら、『私には来嶋家の後継ぎを産むことができぬのか』と失望し、離縁してくれ、と言い出しかねませぬ故」

一語一語強い語調で、少しも臆さず言う太一郎に、香奈枝はしばし言葉を失った。

(強うなった)

それが内心嬉しくもあり、同時に、

(もう母の庇護下にあった子供ではない)

少しばかり、淋しくもあった。

「なんですか、偉そうに、わかりきったことを言うでない」

だからその淋しさを振り払うように、殊更《ことさら》厳しい口調で香奈枝は言った。

「そもそも、綾乃殿にそんな情けない思いをさせている張本人は、他ならぬそなたではないか、太一郎」

「…………」

太一郎が口を噤《つぐ》むしかないほどの、強い口調であった。

(やはり、母上にはかなわぬ)

這々《ほうほう》のていで、太一郎は香奈枝の居間を去り、自室に戻った。

(まさか、嘘までついて、綾乃を実家へ帰すとはな)

羽織袴を脱ぎ、紋服を、衣桁《いこう》にかけられた普段着の紺絣《こんがすり》に着替えながら、太一郎は思った。

(しかし、嘘だと知ったら、綾乃はどんな顔をするだろう)

思うと、忽ち可笑《おか》しみをおぼえ、無意識に笑いを堪える。

平素、生真面目《きまじめ》だの堅物だのと評されることの多い太一郎だが、その太一郎の目から見てさえ、綾乃は些《いささ》か堅すぎるように思えた。武家の妻として、身持ちが堅いのは何よりだが、それも度が過ぎれば息が詰まる。香奈枝ほどではなくとも、ときには息抜きも必要だ、と太一郎も思う。

人には堅物と思われている太一郎でも、勤めの最中、巷《ちまた》で人気の読本だの黄表紙などをこそこそ隠れ読むくらいの遊び心はある。

しかし綾乃は、来嶋家に嫁《とつ》いでからというもの、芝居見物一つしていない。それとなく誘ってくれるよう香奈枝に頼んでいるが、

「何度も誘っているのですが、『旦那様がお勤めに行かれているというのに、妻が物見遊山になど行ける道理がございません』と言い張って、まったくつきあってはくれません」

香奈枝もこれには閉口していた。

綾乃と自分はよく似た夫婦だと思うが、些か型破りな母に育てられた太一郎と、厳格な大身の旗本家に生まれ育った綾乃とでは、やはり根の部分が相当違っているのだろう。

(だが、待てよ。……母上に謀《たばか》られたと知れば、綾乃は母上を怨むのではあるまいか)

太一郎はふと案じた。

血の繋がった息子の自分ですら、ときに香奈枝の野放図《のほうず》な言動には本気で腹を立てることがある。ましてや他人の綾乃であれば、香奈枝の思いやりがあだとならぬこともない。

「母上がご病気だなどと、お戯《たわむ》れが過ぎまする」

或いは本気で、怒らぬとも限らない。

「義母上様は、私になんの恨みがあってそのような詐《いつわ》りを……」

根が生真面目な綾乃にしてみれば、たとえ相手を思いやってのことであろうが、嘘をつくなど、およそ考えられぬことかもしれない。

(まずいな)

太一郎は少しく不安になる。

これまでは、嫁と姑の諍いなどとは無縁に過ごしてきたが、他所《よそ》の家の話を聞くと、ゾッとするようなものばかりである。母と妻のあいだで板挟みになり、居たたまれない思いをしている男は少なくない、とも聞いている。

(このことがきっかけで、母上と綾乃の仲が悪くなったらどうしよう……)

太一郎の心配をよそに、それからまもなく、綾乃が帰宅した。

「お帰りでございましたか、旦那様」

「あ、ああ」

「断りもなく他行いたしまして、申し訳ありません、旦那様」

いつもと変わらぬ様子で、綾乃は太一郎の前に指をついて頭を下げる。

「いや、義母上のご容態は如何であった?」

太一郎は内心の緊張をひた隠し、さあらぬていで問い返した。香奈枝が嘘をついたとは、到底言えそうになかった。

「それは──」

だが綾乃はふと顔をあげ、珍しく、明るい目をしてクスッと笑う。

「義母上様が……」

言いかけて、ふと口許を抑えたのは、こみ上げる笑いを堪えきれず、声を殺して忍び笑ったからだった。

太一郎は仰天した。

果たして綾乃は乱心したか。太一郎が本気で案じてしまうほど、このときの綾乃の様子は奇異だった。

「ど、どうした、綾乃？」

恐る恐る、問いかける。

「いいえ、なにも……」

なおしばし、忍び笑ってから、

「義母上様に、欺《だま》されました」

満面の笑みで、綾乃は言った。

「え？」

とりあえず、空惚《そらとぼ》けておくよりほか、太一郎にはとるべき態度はない。

「私が里帰りできるよう、嘘をついてくだったのです。…前回、母のお茶会に行かれた際、なにやら密約をかわされましたようで……」

「密約？」

太一郎は内心仰天している。

「はい。今年の桜が咲く前に、私を必ず里帰りさせる、と母にお約束されたそうです」

「なんと……」

「そんなこととは露知らず、すっかり欺されてしまいました。……義母上様、さすがに役者でございます」

「そなた、怒っておらぬのか？」

「私が？　何故でございます？」

「よりによって、義母上が病で倒れたなどと、嘘にしてはタチの悪い嘘ではないか」

「それはそうですが……」

太一郎の指摘に、綾乃は少しく困惑したが、

「それが嘘だということは、はじめから、わかっておりましたので」

真顔に戻って言った。

「え？」

「だって義母上様は、榊原の母が、『卒中の発作でお倒れになられた』などと仰有《おっしゃ》るのですよ。うちの母が、卒中など起こすわけがないではありませんか」

「………」

(母上も、ひどい嘘をついたものだ)

内心呆れ返りながらも、太一郎は黙って聞いていたが、

「だが、嘘と承知で、そなたは欺されたふりをしたのか？」

「義母上様のお気持ちが、嬉しかったものですから」

これも真顔で、綾乃は言う。

「そうまでして、私を実家に帰してくださろうとなされる義母上様のお気持ちが嬉しかったので、つい欺されたふりをしてしまいました」

「そ…うなのか」

「はい。おかげさまで、久しぶりに母の息災な顔を見ることができました。……義母上様に、お礼を申し上げねばなりません」

「義母上は、お元気であられたか」

「はい」

「それは、重畳《ちょうじょう》じゃ」

心から発した言葉であった。綾乃が本当に上機嫌だとわかり、太一郎はホッとした。

ホッとする反面、綾乃の反応が意外でもある。

自分と同じく、生真面目なたちの綾乃なら、そういう嘘を嫌うと思ったのだが。

「不思議なお人でございますね、義母上様は」

「え？」

「嫁《とつ》いでまいりました当初は、少々風変わりなお方と思い、戸惑うこともございましたが……本当に心の温かい、お優しいお方でございます」

「………」

妻が手放しで己の母親を褒めるのを、太一郎はぼんやり聞いていた。

「ですから、多少は大目に見てあげてくださいね」

「え？」

「芝居見物や、たまに新しいお着物を新調するくらい……義母上様の遊興費くらい、やり繰りすればなんとかなりますので」

「いや、しかし、それは――」

「近頃義母上様は、あまりお出かけにならないのです」

(それは、出かける必要がなくなったからだ)

と喉元に出かかる言葉を、太一郎は辛うじて呑み込んだ。

何故香奈枝が、役者狂いや衣裳道楽など、派手に遊んで悪名を馳せたのか、その理由を、綾乃は知らない。そのため、香奈枝が遊興を控えるようになったのは、太一郎が厳しく窘めたからだと思っているのだろう。

「たまには、お出かけいただいてもよいと思われませぬか？」

「あ…ああ、勿論だ」

太一郎は仕方なく肯いた。

香奈枝が遊興をやめたのは、自らが悪名を馳せてまでも守りたかった秘事が既に秘事ではなくなってしまったからにほかならないのだが、それは綾乃に告げる必要のないことだ。

（やれやれ）

女同士というのは、ときに意外なことで結託する。そこには男にはかりしれないなにかがあるのだろうが、太一郎には想像だにできなかった。

二

「兄貴」

雉子橋御門から出て、雉子橋通りを歩いているとき、不意に声をかけられた。

太一郎は内心ギョッとしたが、相手が誰なのかはその声から瞬時に知れたので、さあらぬていで足を止める。

小さく身を捩《よじ》って顧みると、瀟洒《しょうしゃ》な青地錦《あおじにしき》の着流しを纏《まと》った長身の武士が、気まずげな顔つきで突っ立っていた。怠惰な懐手《ふところで》をしていてもちっとも貧乏くさく見えないのは、華麗な衣裳とその美しい顔だち故だろう。

「なんだ、こんなところで……まさか、待ち伏せか？」

「悪いな、勤めの帰りに」

「だから、なんだ？」

「…………」

黎二郎は、柄にもなく申し訳なさそうな顔をしている。

「どうした？…顔色が悪いな。具合でも悪いのか？」

「いや、そんなことはない」

「では、なんだ？」

「ちょっと、いいかな？」

黎二郎の口調はいつになく遠慮がちだ。

いつもの彼なら、

「おい、兄貴、話があるからちょいと顔貸せよ」

と傍若無人《ぼうじゃくぶじん》な態度で迫ってくるところなのに。

「話があるなら、早くせい」

「いや、立ち話もなんだし……」

「だからといって、こんな時刻から、酒など飲まんぞ」

宿直《とのい》明けである。睡眠不足で機嫌が悪い。

「どんな時刻だろうと、飲み屋はやってんだよ」

とは言わず、黎二郎はひたすら恐縮していた。そんな弟の様子を見るうち、さすがに太一郎は察するものがある。

「俺は宿直明けだ」

「あ…ああ」

「いま、酒など飲んだら、寝てしまう」

「そ、それもそうだよな」

黎二郎はどこまでも太一郎に調子を合わせている。

「話があるなら、家に来るがよかろう」

「………」

「母上に、聞かれたくない話か？」

「うん……」

「なら、歩きながら話せ」

疲れきった声音で太一郎は言い、先に立って歩き出した。

そのあとについて歩きながら、だが黎二郎はなかなか言葉を発しない。太一郎とて、本当はじっくり話を聞いてやりたいが、なにしろ宿直明けなのだ。一刻も早く帰宅し、ゆっくり休みたい。

「黎二郎?」

「……」

「なにを躊躇《ためら》っておる。わざわざ、俺の帰りを待ち構えていたのだろうが」

「あのな、兄貴――」

促されて、漸く黎二郎は重い口を開き始める。

「伝蔵親分の用心棒なんだが――」

「やっと見つかったか」

「いや……」

黎二郎は再び口ごもった。

朝四ツ過ぎ。

雉子橋通りには、宿直明けで下城したばかりの武士の姿が少なくない。皆、寝惚《ねぼ》けたような顔をしている。

「それが……」

「なんだ？」

さすがに焦《じ》れて、太一郎は黎二郎を顧みた。

「さっきからグズグズと、煮え切らぬ奴だな」

「怒るなよ」

「別に怒ってはおらん」

「なんか、ピリピリしてるじゃねえか」

「宿直明けだからだ。少しは察しろ」

「ああ、悪かったな」

「だから、言いたいことがあるなら、さっさと――」

「伝蔵親分の用心棒、もう少し続けちゃ駄目かな」

太一郎の言葉が言い終わらぬうちに、遂に意を決して黎二郎が言った。

「な……」

「親分、いまヤバいんだよ」

絶句する太一郎に対して、黎二郎は矢継ぎ早に言葉を言い継いだ。

「《黒熊《くろくま》》の源吉《げんきち》って商売敵《がたき》がいるんだが、こいつが伝蔵親分を目の敵にしててよう」

「………」

「とにかく、気の荒いのを大勢雇って、親分をつけ狙ってやがるんだよ。用心棒としちゃあ、いま親分のそばを離れるわけにはいかねえんだ」

「だから？」

「だ、だから、源吉の野郎をなんとかするまで、俺が親分を護ってやらねえと……」

「キリがないではないか」

「え？」

「博徒というのは、縄張りを賭けて争い合うものだと聞いている。ならば、その源吉とやらをなんとかしても、すぐまた、別の博徒に命を狙われるのではないのか？」

「………」

真っ当といえば、これ以上ないくらい真っ当な太一郎の意見に、黎二郎は返す言葉を失った。てっきり、兄から頭ごなしに叱責されるものと思い込んでいた黎二郎は、まさか、そんな正論で、冷静に切り返されるなどとは夢にも思っていなかった。

だから容易く、沈黙してしまった。

「どうなのだ？　そうではないのか？」

「い、いや、それは……」

武家屋敷の建ち並ぶ閑静な通りを、兄のあとについて歩きながら、黎二郎は困惑していた。

兄がいつになく冷静なのは、宿直明けで寝不足のせいだとは、夢にも思わない。

「けど、とにかくいまは、伝蔵親分についててやりてえんだよ」

「ならば、好きにするがよかろう」

「え？」

「俺が何と言おうが、どうせお前は己の為すべきことを、己で決める。俺の言うことになど、耳を貸さぬ」

「そんなことはねえよ」

「では、俺が、親分の用心棒は本日限りやめよ、と言えば従うのか？」

「いや、それは……」

「それ、みろ」

口調を変えずに太一郎は言い、

「お前はそういう奴だ」

背中から言い捨てる。

「お、おい、待てよ、兄貴。…どういう意味だよ?」

黎二郎はたまらず兄のあとを追う。

「別に意味などない。…言いたいことはわかったから、さっさと立ち去れ」

「兄貴……」

「俺は疲れている。頼むから、これ以上、疲れさせないでくれ」

「おい、なんだよ、それ——」

「いい加減にしろッ」

不意に太一郎は声を荒げ、足を止めて黎二郎を顧みた。

その激しい語気に、黎二郎は一瞬間呆気にとられた。

「なんなんだ、貴様は。朝っぱらから、人を不愉快にさせる目的で、わざわざつまらんことを言いに来たのかッ」

「………」

「そんなに養子がいやなら、そう言って、立花《たちばな》様と美緒殿に詫びればよかろう。よい齢をして、いちいち俺を頼ってくるな」

「そんなこと、言ってねえだろ。…婿養子も、いやじゃねえよ。立花の義父上《ちちうえ》はあのとおりいい人だし、美緒殿とも、近頃は結構仲良くやってんだぜ」

黎二郎は慌てて言い募る。

よくわからぬが、太一郎が激昂していることは間違いない。

「ならば、何故さっさと祝言をあげぬのだッ」

太一郎の目は、鋭く黎二郎を見据えて言う。

「立花殿はもとより、この縁談を世話してくだされた舅《しゅうと》殿にも、俺は合わせる顔がないわッ」

声に出して言ってしまうと、それで忽ち己の感情を抑えかねたのか、矢庭《やにわ》に黎二郎の胸倉を摑む。

「養子に行くのか行かぬのか、はっきりせんかッ」

「………」

さしもの黎二郎も、その締め上げの強さに閉口した。

「だ、だから、行くって言ってんだろ。…ちょ、ちょっと待てって。……養子に行くし、祝言もあげるよ」

黎二郎は懸命に言い募る。

「ただ、少し待ってくれ、って言ってるだけだよ。……いまはとにかく、伝蔵親分の用心棒を──」

「何度同じことを言えば、気がすむのだ、貴様はッ」

だが太一郎は聞く耳持たない。

「結納《ゆいのう》を延ばし延ばしして、早《はや》半年じゃ。これほどの不義理を重ねていながら、何故立花殿が貴様に愛想を尽かさぬか、俺には不思議でならぬ」

「…………」

「これほど引き伸ばすのであれば、いっそ破談にするほうが、余程先方の御為になるというものだ。……貴様、一体どう思っているのだ？」

「引き伸ばしてるのは、美緒殿だよ」

「なに？」

「だから、美緒が、祝言はまだ早いから、できるだけ引き伸ばしてくれ、って……」

「馬鹿な。何故、美諸殿が？」

「わからねえよ。わからねえけど、そうなんだから、しょうがねえだろ」

「…………」

虚を衝かれて一瞬弛んだ太一郎の腕を、黎二郎は漸くふりほどいた。

「なんでもかんでも、兄貴の思いどおりにはならねえんだよ」

言い捨てて、黎二郎は走り去り、太一郎は茫然とその背を見送った。

たまたま通りかかった屋敷の門番がその一部始終を見届けていたが、無論太一郎は気にしない。

（なにを言うか。…俺の思いどおりになったことなど、何一つないぞ）

憮然として黎二郎を見送ってから、太一郎はゆっくりと歩を進めた。宿直明けだということを差し引いても猶あまりあるほど、その足どりは重かった。

三

宿直明けで丸一日休んだその翌日の登城は、少しばかり辛い。

ただでさえ話しづらい二人の同役、日頃から余所余所《よそよそ》しい部下たちとのあいだに、更なる距離を感じてしまう。部下である組士たちからは、相変わらず「若」と呼ばれ、父親ほどの年齢の同輩からは、いいようにこき使われる。

だが、それはまだいい。それくらいはもう馴れた。

いつまで経っても馴れないのは、登城の際、御門の中の口ですれ違う旗本たちと交わす挨拶だった。

「お早うございます」

何時でも何処でも、自分が一番の若輩者だと自覚している太一郎は、とにかく誰にでも頭を下げるようにしているが、挨拶を返してくれる者は稀《まれ》だ。裃役《かみしもやく》の者はもとより、同じくらいの身分の者でも、気軽に挨拶を返してくれる者は殆どいなかった。皆、ろくな供揃《ともぞろ》えもなく、ただ草履《ぞうり》取りの喜助《きすけ》一人を伴って登城する太一郎を、余程の軽輩と侮《あなど》っているのである。

(軽輩相手でも、挨拶くらい返すのが礼儀というものではないのか)

太一郎は内心憤然としているが、それは間違っても表には出さない。

(堅苦しい城勤めに比べたら、まだ、内偵のために市中を駆けまわっているほうがましだ)

つくづくと思いながら、組士たちが詰める番所の前までさしかかると、中から、声《こわ》高《だか》に言い合う声が聞こえる。

「冗談ではないぞ、やってられるか」

「というて、上からの命令を無視するわけにもゆくまい」

「勘定吟味方の与力など、多かれ少なかれ、袖の下をもらっているものだろう。そんなもの、一々《いちいち》調べてどうする」

「調べて、それをネタに脅すという手もあるぞ」

「それはよいが、折角骨を折っても、無駄骨ではたまらんからなぁ」

（何の話だ？）

いやな予感がした。

それ故組士たちへの挨拶はそこそこに、組頭の詰所に足を向けた。

「お早うございます」

「ああ」

「昨日はよく休めたか？」

太一郎に対して、林彦右衛門《はやしひこえもん》と森久蔵《もりきゅうぞう》は口々に応じたが、ともに、いつになく浮かない顔をしている。

「組士たちがなにやら騒いでおりましたが、なにかございましたか？」

恐る恐る、太一郎は問うた。

「それがまた、面倒な話でのう」

「いや、よくあることなのじゃがのう」

二人はそれぞれに小難しい顔をする。

太一郎は口を閉ざして次の言葉を待った。こんなとき、矢継《やつ》ぎ早に問いを発しても、返ってくる言葉がそれほど多くないということを、太一郎は知っている。

「勘定吟味方の、堀井という与力を知っているか？」

「いいえ」

林の問いに、太一郎は即答した。

他所の部署に属する小役人の名を、いちいち知っているわけがない。

「その堀井某が、商人たちから袖の下をとって、その見返りに、なにかと便宜をはかってやっているらしい、ということなのだが——」

「便宜とは？」

反射的に、太一郎は問い返した。

「それは…つまり、ご公儀の御用を一手に承《うけたまわ》るとか、そういうことであろう」

「なるほど」

「じゃが、それは不正じゃ」

「はい」

「許されることではない」

「もとより——」

「しかし、実際には、その程度の不正は日常茶飯《さはん》じゃ」

「………」

「だいたい、ひと口に袖の下と言うて、厳密な線引きができると思うか？」

「そ、それは……」

「時候の挨拶というて、菓子折一つ手土産《てみやげ》に持参するのはごく普通のことであろう。

寧《むし》ろ、手ぶらで他家を訪問するほうが非常識というものじゃ」

「まことにもって……」

「したが、その菓子折の中に小判が仕込まれていたとすれば、どうじゃ？」

「それこそ、袖の下でございますな」

「それが大きな間違いなのじゃ、太一郎」

「え？」

「たとえばじゃ。儂とそなたが、飲みに行ったとするな」

「あ、はい……」

「そこで、年長者たる儂は、『ここは儂のおごりだ』と言うであろう」

「はい」

「だがそなたは、『いいえ、それはなりません』と言う。……若いに似ず、頑固者のそなたのことじゃ。蓋《けだ》し強く言い張るであろう」

「………」

少々──いや、かなり無理のある仮定に、太一郎は返答できなかった。林が何を言おうとしているのか、さっぱり見当がつかなかったのだ。

「しかし、とことん逆らうことはできず、その場はそれで終わる。だが、頑固者のそなたは、おごられることを潔《いさぎよ》しとせず、或いは、密かにその金子《きんす》を儂に返そうとするかもしれぬ。たとえば、時候の挨拶に持参した、菓子折の中にでもひそませて、な」

「………」

「どうじゃ、それを以《もっ》て、袖の下と決めつけることができようか？」

しばし考え込んでから、

「いいえ」

太一郎は仕方なく首を振った。

「そうだろう。袖の下か否かを証明するのは、斯様《かよう》に難しいものなのじゃ」

「そなたはお役についてまだ日も浅い故、よくわからぬかもしれぬがな」

林と森は口々に言い募る。

「はあ……」

不得《ふと》要領《く》に、太一郎は肯いた。

役に就いて日も浅い、と言うが、太一郎が城勤めをするようになって、そろそろ二年の月日が経とうとしている。内偵の仕事をするのも、既に一度や二度ではない。要領も心得ている。

それ故、彼らが詭弁《きべん》を弄《ろう》しているにすぎないことは充分に承知していた。

だからといって、それをいちいち指摘するほど、太一郎も世間知らずの若造ではない。

「それで、堀井某の件は、一体どうなさるおつもりです？」

充分な間をおいて、太一郎は二人に向かって問う。

「まあ、命じられた以上、誰かが手を付けねばならぬ」

「うむ。上の命令を無視するわけにはゆかぬからのう」

林も森も、大真面目な顔で言う。

「しかし、儂も彦右衛門も、いまは別件の内偵で手一杯でのう」

「そうなのじゃ、太一郎」

「左様でございまするか」

(どうせはじめから俺に押しつけるつもりだろう)

内心呆れ返りながら、空惚けた顔で太一郎は応えた。

押しつけられることがわかっていても、自ら進んで引き受けたりはしない。それが、彼らと同じ役目に就いてから今日までのあいだで身に着けた太一郎なりの知恵であった。

「しかし私も、先月より、若年寄様直々《じきじき》の御用を承《うけたまわ》っておりまして……」

「え？」

林と森は、ギョッとした顔で太一郎を顧みる。

若年寄直々の命令については、四六時中二階の当番所に詰めている太一郎以外、与《あずか》り知らぬことだ。

「わ、若年寄様直々の御用とは？」

二人は恐る恐る問うてきた。

「それは……」

と大仰《おおぎょう》に苦悶の表情を浮かべてから、

「極秘にて、とのお言いつけでありますれば、如何にお二方とて、軽々しくお話しするわけには……」

容易く突き放すようなことを言う。

「ですが、どうしても、ということであれば、お話しいたしますが――」

「いや、いい」

二人は慌てて首を振った。

「それほどの大事、軽々しく口にしてはならぬ」

「そうじゃ、軽々しく口にしてはならぬ」

青ざめた顔で首を振る二人の相役を、内心ほくそ笑みながら太一郎は見返していた。若年寄の密命など、無論真っ赤な嘘である。父親ほどの年齢の二人を騙すという心の痛みよりも、日頃自分を小馬鹿にしてくる相役を脅す歓びが幾分勝った。

四

結局、勘定吟味方与力・堀井玄次郎の内偵は、太一郎に任された。狙いどおり、相役の二人には恩に着せる形で。

(俺は一体なにをしているのだろう)

堀井玄次郎という男の顔を確かめに行く道々、半ば自嘲的に太一郎は思った。

勘定吟味方の詰所は、お城の中の間にある。昼間のうちに、勘定所へ出向いて堀井の顔を確認しておき、翌日から内偵にとりかかればよいだろう。

一度内偵の仕事に入れば、定刻に登城し定刻に下城する、という日常が、一変することになる。故にその旨を、一言綾乃に断っておかねばならない。

「一日二日戻らぬことがあっても、心配することはないのだからな」

何度も言い聞かせているので、綾乃もさすがに、帰宅せぬ太一郎をまんじりともせずに待ったりはしなくなった筈だ。実際に、心配しているかいないかは別として――。

その夜、一人で夕食をとっていると、綾乃が厨《くりや》に立ったその隙を見はからったように香奈枝が来た。

「黎二郎に聞きましたよ」

珍しくお茶など淹れてくれるので、いやな予感に苛《さいな》まれ、内心鬱々《うつうつ》としている太一郎に、ゾッとするような笑顔を見せて香奈枝は言う。

「…………」

言うまでもなく、先日黎二郎が言いに来た件について、だ。

「何故わかってやらぬのです」

驚いたことに、香奈枝は黎二郎の味方だった。

「伝蔵親分の命にかかわることですよ。弟の立場を理解してやるのが兄というものでしょう」

「しかし、それは……」

　太一郎はさすがに絶句した。

「聞けば、立花様も美緒殿も、承知している、と言うではありませんか。当の美緒殿が承知していることに、何故そなたが不服を唱えるのです」

「別に不服を唱えているわけでは……」

「ではなんです？」

「黎二郎にも言い聞かせましたが、きりがないではありませんか。…今度だけ今度だけと、何度あやつの『今度だけ』を聞かされればよいのです」

　責めるような香奈枝の語気にムッとして、強い口調で太一郎は言い返した。

　長男の急な反撃に、香奈枝は一瞬間息を呑む。だが一瞬の沈黙は、次なる激しい攻撃への束の間の休息でしかない。

「確かに、そなたは正しい」

　存外静かな声音で言い、一旦口を閉ざしてから、

「だが、正しいことが、常に人を救うわけではない」

抜き身の如く鋭い語気で香奈枝は言い放った。

「…………」

仕方なく黙り込みつつ、太一郎の内心は煮えくり返っている。

(勝手なことばかり、言うな)

茶碗を持つ手が、無意識に震えた。

太一郎の沈黙に己の勝ちを確信した香奈枝が、なお畳み掛ける言葉を吐こうとしたとき、厨へ菜のおかわりを取りに行っていた綾乃が戻ってきた。

「義母上様、旦那様とお話が？　私は外したほうがよろしいでしょうか？」

「いいえ、なにも。…ちょっと息子の顔を見に来ただけですよ」

さあらぬていで香奈枝は言い、さっさと部屋から出て行った。

何でも悪いほうに勘繰《かんぐ》り、一人悶々と思い悩む癖のある綾乃に、黎二郎との話は聞かせぬほうがよい、と判断したのだろう。その卓越した判断力には内心感謝しつつも、太一郎は憮然としていた。

(黎二郎も黎二郎だが、母上もあんまりではないか)

口に出せない怒りで、すっかり食欲が失せていた。

とまれ、太一郎が、勘定吟味方与力・堀井玄次郎という男について内偵の命《めい》を請けたのは、彼自身がそんな精神状態にあるときのことである。

（尾行《つ》けられている——）

堀井玄次郎のあとを尾行けはじめて四半時ほど経ったとき、太一郎は漸《ようや》くそのことに気づいた。

殺気は感じられないが、隙のない気配であることはわかる。

（堀井を尾行けているのか？……それとも、俺か？）

太一郎は戸惑った。

（いや、或いは……）

そのとき、堀井玄次郎には連れがいた。

直接の上司である勘定吟味役の小野山掃部《おのやまかもん》という男だ。五百石の旗本である。

（小野山殿を尾行けているのか？）

上司と部下が連れ立って歩くことに不思議はない。下城後、同じ職場の上司と部下がともに連れ立って飲みに行くのは別段珍しいことではないだろう。太一郎自身はできればご免こうむりたいが。

誰を尾行けているにせよ、太一郎にとっては油断のならない相手である。

勘定吟味方の二人に内偵がはいるのは、さほど不思議なことではない。職種柄、汚職を疑われることが多い。

そもそも勘定吟味役は、勘定所に設置され、旗本・御家人から起用される職で、勘定所内では勘定奉行に次ぐ地位である。でありながら、勘定奉行の次席ではなく、老中直属の機関なのである。

その微妙な関係性故に、勘定吟味役というお役目には、常に黒い疑惑がつきまとう。

(だが、万一俺が尾行けられているのであれば、話は違う)

太一郎はそれとなく足を弛《ゆる》めた。

即ち、堀井と小野山を尾行けることを諦めても、尾行者の正体を知りたいと思ったのだ。歩調を弛めれば、両者との距離はどんどん開いて行く。尾行者の狙いが堀井か小野山のどちらかであれば、太一郎を追い抜いても二人のあとを追うだろう。

すると驚いたことに、尾行者は、歩調を弛めた太一郎のあとを律儀についてくる。

(狙いは俺なのか?)

画然と覚りつつ、太一郎は更に歩調を弛める。

堀井と小野山は、見る見る遠く離れてしまった。

それを確認しつつ、不意に足を速めて目の前の辻を折れた。堀井の尾行を完全に諦めたのだ。辻を折れるなり、太一郎はその角《かど》に置かれた天水桶の陰に身を潜《ひそ》める。

（誰だ？）

息をひそめて待つ太一郎の前に、そのとき無防備に立つ人影があった。

「儂《わし》だよ」

間髪《かんはつ》おかず、呆れ声が発せられる。もとより、聞き覚えのある男の声音だ。

「出海殿……」

太一郎はぼんやり相手を見返し、ほぼ無意識にその名を口にした。

妻の父――太一郎にとっては舅にあたる榊原左近将監《さこんしょうげん》が、娘婿《むすめむこ》の身を案じ、その身辺警護を頼んでくれた公儀御庭番黒鍬《くろくわ》組の組士。

太一郎とも既に顔見知りの、出海十平次《じっぺいじ》にほかならなかった。

「久しぶりでござるな、太一郎殿」

出海十平次は、悪びれもせずに言った。

「お久しゅうございます、出海殿」

太一郎は威儀を正して一礼する。

「それで、何故《なにゆえ》私を尾行けておられます？」

大真面目な太一郎の問いに、十平次は苦笑した。

「それがしが尾行けていたのは、小野山掃部のほうでござるよ」

「え？」

太一郎は忽ち面食らう。

「太一郎殿は、堀井を内偵せよとの命を請けておられるようじゃが、儂は儂で、小野山の身辺を調べるよう、上から言いつかっておってな」

「何故小野山を？」

「部下の与力に不正の疑いがかけられている以上、その上役である勘定吟味役も疑われて当然でござろう」

「なるほど」

太一郎は納得した。

「出海殿のお邪魔をしてしまい、申し訳ございませぬ」

「いや、お互い様じゃよ」

十平次はその温顔《おんがん》に、慈父の如き微笑を滲ませた。

「とはいえ、太一郎殿――」

と一旦言葉を止め、やや声を落として、

「この件には、あまり深入りなさいますな」

太一郎の耳許に低く囁いた。

「え？」

「あなた様は、少々生真面目過ぎます故」

「そ、それは一体どういうことです？」

慌てて問い返したときには既に、十平次の姿はその場所から消えている。

（いやな予感がする）

太一郎はしばし暗い面持ちで、十平次が消えた闇の彼方を見据えていた。

第二章　たゆたう日々

一

「あさりむき――ん、あさりむき――ん」

浅蜊《あさり》むき身、の意味だろうか。

「しじみぃ、しじみぃ〜ッ」

蜆《しじみ》売りの声だった。

なるほど蜆売りは、浅蜊の剝《む》き身も売っているのか。

「しじみぃ〜、しじみぃ、買わんかねぇ〜」

(随分と可愛い声の蜆売りだな)

少しく考えて、それが幼い子供の声であることに、太一郎は漸《ようや》く気づいた。

どこかで、可愛い蜆売りの声がしている。

(子供の蜆売りか)

幼い子供が、早朝より健気《けなげ》に働いている。できれば買ってやりたいところだが、何故か声も出せず、体も動かない。

太一郎は焦り、思わず身を捩《よじ》った。手足が、鉛でも括《くく》り付けられたかと思うほどに、重い。

(なんだ、これは?)

更に焦り——だが、焦れば焦るほど、己の体を思うように動かせぬという事態に狼狽する。

(俺は一体どうしてしまったんだ)

体が動かせぬなら、せめて声を出そうと試みるものの、心で思う言葉が全く声にならない。

「しじみぃ〜、しじみぃ〜ッ」

「買ってやるぞ、子供ッ」

自分では叫んだつもりだが、言葉にはならず、

「ああ〜ッ」

ただ、喘ぎ声を発しただけだった。
だが、喘ぎ声を発したおかげで、太一郎は漸く目が覚めた。
(なんだ、夢か)
目覚めると先ず、天井の黒いシミが見えた。
部屋の中に陽が射しているからにほかならない。
(朝…か)
漠然と思ったとき、再び、
「しじみぃ〜、しじみ、買わんかねぇ〜」
可愛い蜆売りの声がした。
どうやら夢ではなかったようだ。
(あんな年端もゆかぬ子供が健気に家業を手伝っているのだ。買ってやればいいのに
……)
寝床の中で、ぼんやりと思う。
(俺なら毎日買ってやるぞ)
もしも我が子が、まかり間違ってそんな境遇に陥ったとしたら、と想像するだけで、
忽《たちま》ち涙が溢れそうになる。幼い娘は、果たして棒手振《ぼてふ》りの重い荷を背負うことができ

ようか。

目は覚めている筈なのに、なかなか体が動かず、起き上がる気になれない。布団の中で同じ姿勢のままでいると、再びの眠りが訪れるということを、太一郎ははじめて知った。

家では、妻に起こされたら即座に床《とこ》から出て、着替えをするものと、決まっている。なんの疑いもなく、そうしてきた。

だが、ここでは、自ら目覚めるまで、誰も彼を起こしにはこない。なので、一度目覚めても、寝床の中でうだうだしているうちに、再びの眠りに堕ちてしまうことも少なくない。

怠惰としか言いようのないその眠りが、存外心地よいということも、ここへ来て太一郎ははじめて知った。

(いま、何刻頃だろう?)

蜆売りの声が遠ざかってもなお暫く、太一郎は寝床の中で微睡《まどろ》んでいた。

蜆売りの子供の声が完全に聞こえなくなってから暫くして、再び子供の声が聞こえてくる。

一番初めは一の宮、
二は日光《にっこう》の東照宮《とうしょうぐう》、
三は佐倉《さくら》の惣五郎《そうごろう》……

数え歌だろうか。

女の子たちが鞠《まり》をつくとき口ずさむものだろう。歌声は一人のものではなく、複数の子供によるもののようだ。

(千佐登?)

太一郎は一瞬間疑った。

だが、千佐登はまだまだ、鞠をつけるような年頃ではない。では、あの歌声は誰のものだろう。

ぼんやり考えたとき、

「来嶋様」

襖の外に人の立つ気配がある。殺気はないが、その者の気配を感じた途端、太一郎は瞬時に目が覚めた。

「もうそろそろ、午《うま》の刻でございますよ」

声の主は笑いを堪《こら》えているようだ。

「………」

太一郎は慌てて跳ね起きる。

「朝餉《あさげ》を運ばせてもよろしゅうございますか？」

「ああ、すまぬ」

「それと――」

「ん？」

「お召し物が、少々汚れておりました故、洗わせております。新しいものを用意させました故、本日よりはこちらをお召しくださいませ」

遠慮がちにやや口ごもってから、その声音は言った。

声音はもとより女のものだが、ときに男のもののようにも聞こえる。いや、下手《へた》をすると人の声にすら聞こえぬこともあるのだから、忍びの能力とは底知れぬものだ、と太一郎は思った。

「それでは――」

「あ、嶌殿」

太一郎は慌てて呼び止める。

「はい？」

「重ね重ね、忝《かたじけ》ない」

「お気になさらず。それと——」

「ん？」

「半次郎とお呼びくださいますよう」

太一郎が短く詫びると、それには応えず、《気配》は瞬時にかき消えた。それと、ほぼときを同じくして、

「朝餉をお持ちいたしました」

明るい娘の声がした。

返事も待たずに襖が開き、膳を両手で抱えた女が、遠慮のない足どりで部屋に入ってくる。年の頃は二十歳前後。おその、という名のその娘とは既に顔見知りであるが、短めにたくし上げた裾を蹴り上げるように歩くそのさまを見ると、思わずドキッとする。蹴り上げた裾から、生白い脛が丸出しになるのだ。

「ご飯のおかわりは、遠慮しないでくださいね」

健康的な色気を全身からふりまきつつ、おそのは言い、膳を、太一郎の傍《かたわ》らに置く。

「そうそう、ご飯食べたら、これに着替えてくださいね、たぁ様」

ふと身を翻《ひるがえ》して部屋外へ出ると、今度は黒漆の乱れ箱を持ってきて、太一郎の枕元に置く。膳の上の朝餉の内容や乱れ箱の中味を確かめるより先に、太一郎はその、

「たぁ様」

という呼び方に仰天した。

「どうなさったの、たぁ様？」

「いや、その、たぁ様というのは……」

戸惑い、少しく戦《おのの》く風情の太一郎に、

「太一郎様だから、たぁ様でしょ。なにか不都合でも？」

何の屈託もなく、おそのは言った。

「いや、なにも――」

呆気にとられて太一郎は応え、だがおそのはその答えをろくに待ちもせず、部屋を出て行った。いつもながら、忙《せわ》しない。

雉子の湯の使用人は、おそのともう一人、おすずという名の同じ年格好の娘、罐《かま》焚きの親爺の三人きりだ。主人の半次郎は、大概出かけている。仕事はいくらでもあるのだろう。

おそのとおすずをはじめて見たとき、彼女らはともに、襦袢一枚のしどけない姿だった。てっきり、湯女《ゆな》と呼ばれる職種の女なのだと思ったら、

「うちの女たちは湯女じゃありませんよ」

雉子の湯の主人・半次郎こと、嵩が、太一郎の心を読み取ったかのように言った。

「吉原のすぐそばで、湯女をおくような商売はできませんよ」

湯女とは、売春を目的として湯屋で働く女のことだ。太一郎にはもとより湯屋に行った経験はないが、そういう女の存在を知らぬほどの世間知らずではない。

しかし、半次郎こと嵩の言ったとおり、この《雉子の湯》が、湯女をおくような類《たぐい》の風呂屋でないことは、ここに来て一日のうちによくわかった。

客の半数は、朝湯に来る吉原帰りの遊冶郎《ゆうやろう》である。彼らが女を求める筈もない。あとの半分は、夜見世《よるみせ》が開く前に訪れる遣り手や若い衆《し》、下働きの小娘など、廓《くるわ》で働く者たちだった。

おそのともう一人の娘、罐焚きの親爺が、嵩の配下の伊賀者なのかどうかは、わからないが、この商売が、情報収集に最も適しているということは、ほんの数日逗留しただけでも、太一郎にはよくわかった。

(しかし、本当に忙しないのう、この家は)

太一郎は膳の前に座り直し、箸をとった。

白く湯気のたちのぼる飯の隣に並んでいたのは、同じく湯気のたちのぼる蜆の味噌汁だった。

嶌が用意してくれた着物は、無紋の黒縮緬《ちりめん》だった。古着ではあるが、誂《あつら》えたようにピッタリで、着ればそれなりに見栄えがする。

ここへ来てから太一郎は、一度も髭《ひげ》を当たらず、月代《さかやき》も剃っていない。完全に浪人の風体だが、太一郎の着ていた木綿の古着はあまりにひどいと思ったのだろう。二刀さえ腰に差していなければ、うらぶれた浪人者どころか、まるで物乞《ものご》いだ。落魄《らくはく》しても、なお二刀を手放さぬ武士であれば、嶌が用意してくれた黒縮緬くらいがちょうどよい。

朝餉――というには少々遅すぎる食事をとったあと、太一郎はありがたくその着物を着て、雉子の湯の外へ出た。

湯屋は、吉原の大門《おおもん》が開く明け六ツ過ぎからはじまり、四ツ過ぎには朝湯の客で大いに賑わう。九ツ前にはそれらの客も一旦退《ひ》けて、次に賑わう時刻――遊女屋の内湯を嫌う居続け客や、若い衆、遣り手など、吉原で働く者たちが夜見世の営業がはじまる前の八ツか七ツまで、再び湯屋は忙しくなる。忙しい時間帯に自分がいても、湯屋の仕事を手伝うことはできない。だからせめて、邪魔にならぬよう、その時刻くらいは出かけていよう、と太一郎は思った。

彼が雉子の湯の居候《いそうろう》となって、既に三日が過ぎていた。

堀井玄次郎が何者かに斬られた件については、現在町方が血眼《ちまなこ》になって調べまわっている、という。なにしろ、下手人らしき男が、現場で目撃されているのだ。躍起にもなる。

「いっそ、奉行所に名乗り出て、事情を説明したほうがよいのではないだろうか？」

嶌に相談してみたところ、

「いえ、それはおやめになったほうがよろしいかと――」

嶌――いや、雉子の湯の若主人・半次郎は眉を顰《ひそ》めて言った。

「堀井が殺され、来嶋様がその場に居合わせたのは、明らかに仕組まれた罠でございましょう」

「…………」

「いま迂闊《うかつ》に動くのは危のうございます」

「だが、一体何処の誰が、それがしに罠を仕掛けたのでありましょう」

「それはまだわかりません」

まだ、と言うことは、これから調べるのか或いは調べている最中なのか。嵩が若年寄・京極高久から命じられているお役目とやらは、おそらくこのことなのだろう。

「とにかく、はっきりしたことがわかるまでは、この家にて身をお隠しください」

「しかし……」

「あなた様に万一のことがあれば、私が京極様よりきついお叱りをこうむります」

「かもしれぬが……」

太一郎は困惑した。

ひと晩家を空けただけで、家族――とりわけ綾乃が、どれほど彼の身を案じているかは想像に難くない。

「ではせめて、家にその旨を知らせるわけにはゆかぬだろうか？」

「家に、でございますか」

半次郎は難しい顔をした。

「なんとお知らせになるのでございます？」

「え？」

「内偵していた相手が殺され、その殺しの嫌疑をかけられている故、しばらくは帰れない、とお知らせになりますか？」

「………」

鋭い語気で問い詰められ、太一郎は容易《たやす》く言葉を失った。

太一郎が役目で家を空けるとき——。

それは即ち、不慮の事態が発生したからにほかならない。

如何に日頃から「案じるな」と言い聞かされているとはいえ、もし本当に、太一郎が突然無断で家を空ければ、家人たちが彼の身を案じぬわけがない。事情がわからねば、その不安は底無しのものとなる。

だが、だからといって、本当のことを知らせれば、今度は具体的なものとなった最悪の事態に胸を痛めることになるだろう。

（一体、なんと知らせればよいのだ）

太一郎が当惑していると、

「奥方様を安心させたいのであれば、いまはなにもお知らせにならぬのがよろしいかと存じます」

変わらぬ口調で、半次郎は言った。

「しかし、それでは……」

「奥方様なら、来嶋様を信じておられます。何日か家を空けたくらいで、狼狽《うろた》えるようなお方と思われますか？」

「…………」

太一郎は無言で首を振った。

綾乃は、理想的な武家の妻女だ。徒《いたずら》に狼狽えるようなことは絶対にない。夫の身を案じることでは人後《じんご》に落ちぬかもしれないが、香奈枝がついている。あの気丈な母がついている限り、なにも間違いは起こらぬ筈だ。

「ご自宅にお知らせするのは、いま少し時期を待っていただいてもよろしゅうございますか」

半次郎の言葉に、太一郎は黙って肯《うなず》いた。

この程度のことも自ら判断できず、説得されている自分が、一途《いちず》に恥ずかしかった。

「とはいえ、閉じこもってばかりいると、気が滅入りましょう。…この町内くらいでしたら、出歩かれても問題はありませんので、どうぞ気晴らしに、散歩でもなさってくださいまし」

すっかり意気消沈した太一郎を見て憐れをもよおしたのだろう。

「山谷堀の船宿など覗かれてはいかがです。あのあたりには、美味《うま》いと評判の《松《まつ》屋《や》》という蕎麦《そば》屋もございますよ」

優しげな言葉とともに、口辺を弛《ゆる》めて半次郎は言った。

「但し、大川橋より先へは行かれませんよう」

もとより、厳しく釘を刺すことは忘れなかったが。

二

「この件には、あまり深入りなさいますな」

と、公儀御庭番黒鍬組の出海十平次は言った。

そのときから、いやな予感はしていたものの、まさか、罠にかけられるのが自分自身だなどとは、夢にも思わなかった。どうせ忠告してくれるなら、もっと、具体的になにをどうするべきか教えてくれたらよかったのに、と思い、十平次の中途半端な忠告を恨みにさえ感じた。

(出海殿に会うにはどうしたらいいんだろう)

考えながら、太一郎はぼんやり大川縁を歩いていた。

三日ぶりにふり仰いだ空は、皮肉なほどによく晴れている。春の名残《なごり》がまだ濃厚に漂う街路は、ただでさえぼんやりしがちな太一郎の気分を一層漫《そぞ》ろにさせた。己の身の上に起こったことを思えばもっと深刻に受け止めねばならない事態なのに、太一郎の心はどこか、弛んでいる。

嵩——いや、半次郎が教えてくれた蕎麦屋のあたりまで来ると、なにやら人集《だか》りがしていた。

（なんだろう？）

「野郎ッ」

「畜生ッ」

口汚く罵《のの》り合う男たちの怒声が聞こえたかと思ったら、

ガッ、

キン！

ごぉんッ、

と、鋼《はがね》の爆《は》ぜる音がした。

（喧嘩か？）

太一郎は反射的にそちらへ走り寄り、人集りの後ろから覗き込む。

人集りの先に、対峙し合う五～六人の男たちが見えた。

何《いず》れもガラの悪い与太者風情だ。中には刃物を手にしている者もある。

「ここは伝蔵親分の縄張りだ。《黒熊》の奴らはとっとと出て行けッ」

「笑わせんな、《合羽《かっぱ》》の伝蔵がなんぼのもんじゃッ」

「この野郎——」

押さえ気味の短い声音とともに、匕首《あいくち》を手にした男が、それを相手の鼻先めがけて鋭く繰り出した。

「へっ」

相手の男は、身を捩ってそれを避けようとしたが、避けきれず、切っ尖に、胸元を襲われる。

藍縞《あいじま》の着物の胸倉が少しく破れ、皮膚が露出した。

「ぎゃッ」

実際に皮膚が傷つけられたわけでもないのにそいつは声をあげ、飛び退いた。

そこに、《合羽》側はたたみかけた。

刃物をもっていないほうの男がすかさず近寄り、飛び退いたそいつの胸倉を掴むと、
ドガッ、
と拳《こぶし》で一撃、横っ面へ叩き込む。

「ぐがぁッ」

殴られた男は、野次馬たちの輪のあたりまで吹っ飛び、悶絶した。

「おい、竹《たけ》、刃物は使うんじゃねえぞっ」

殴ったほうの男が背中から怒鳴ると、

「わかってるよ、兄貴」

やや不満顔ながらも、その男は手にした匕首を懐にしまう。

「こんな奴ら、素手で充分だぜ」

言うが早いか、彼もまた、別の一人に飛びついた。仲間がやられて狼狽えた男の手を蹴り上げて匕首を跳ね飛ばすと、あとは胸倉を摑んで殴りかかる。

《合羽》側は三人、《黒熊》側は二人。

勝敗はあっさりついたかに見えた。

（《合羽》の伝蔵というのは確か、黎二郎が用心棒をしている博徒の親分だ）

改めて思い当たり、太一郎はなおしばらく、ぼんやりその様子を眺めていた。

抵抗する気が失せるほどに殴り、蹴りしてから、

「これ以上、痛い目にあいたくなかったら、とっとと消えろ」

「今度うちの縄張りで騒ぎを起こしやがったら、承知しねえからなっ」

「おととい来やがれッ」

《合羽》側の三人は口々言い捨てると、意気揚々と引きあげかけた。

「く……」

《黒熊》側の二人は口惜しげに唇を嚙むが、言い返す言葉もないようだった。

雌雄は決したかと思われた次の瞬間、だが、地に打ち伏した《黒熊》の二人を踏み越えるようにして、三人の浪人者が、野次馬の人集りの中から音もなく進み出る。

進み出るなり、手にした大刀の柄《つか》で、引きあげようとする《合羽》の三人の後頭部をそれぞれに殴りつけた。

「ぐぅッ……」

当然、三人は揃って頽《くずお》れる。

と、その背を強く刀のこじりで突き、前のめりに突き倒すと、浪人たちは無抵抗な背中を容赦なく蹴りつけた。

「ぐぁッ」

「うぐぅ……」

「うがぁ」

三人は悶絶した。

（なんと卑怯な……）

太一郎は思わず義憤にかられた。

博徒同士の喧嘩に武士が介入した上、一方的な暴行に及ぶとは何事であろう。あれが用心棒とやらいう人種なら、彼らが為《な》しているのは武士にあるまじき、卑劣なふるまいである。

「…………」

遂に堪えきれず、立ちはだかる人垣をかき分けて、太一郎は進み出た。進み出ると同時に、

「やめぬか、貴様らッ」

浪人たちに向かって鋭く叫ぶ。

浪人たちは博徒に対する暴行を止め、揃って太一郎を顧みた。

年の頃は三十後半から四十前半。鬢《びん》も額も、勿論髭《ひげ》も伸び放題の、人相も定かならぬ浪人たちだった。

「無抵抗な者を、一方的に殴るなど、武士たる者のすることかッ」

「なに？」

「恥を知れぃッ」

言いざま、三人の前に立つと、腰の大刀を鞘ぐるみ抜き取った。

「な、なんだ、貴様は」

「黙れ」

言いざま、浪人たちの一人が手にした大刀を、己の大刀で素速く払う。

「わっ……」

大刀を払われた浪人は驚くと同時に忽《たちま》ち体勢を崩し、地面に片膝をついた。

「な、なにをしやがるッ！」

逆上し、打ちかかってくる男の大刀を受け止め、力任せに押し返すと、

「こ、このッ——」

「き、貴様ッ」

口々に喚《わめ》きながら、他の二人が刀を抜いた。

太一郎が一人であると見て、侮《あなど》ったのだろう。

だが太一郎は慌てず、自らの大刀を腰に戻すと、ゆっくりと鯉口《こいぐち》をくつろげ、刀を抜いた。自分では落ち着いてゆっくりとやったつもりだが、浪人たちの目にも、他の野次馬たちの目にも、それは素速い動きに見えた。修羅場に馴れた太一郎と、実際の斬り合いに未経験の者たちには、それほどの違いがある。

ガン、
ダン、
ドダンッ、
それ故気がついたときには、それぞれ、右手首、右肘、左脇を棟で打ち据えられている。

打たれた本人がそれとも気づかぬ早業だった。

「うぅ、痛ッ」

浪人たちが短く呻いてそれぞれに打たれた箇所を押さえ、その場に蹲《うずくま》ったのは、一瞬後のことだ。

「うぁ――ッ」

「すげえぞ、浪人さん！」

野次馬たちの人集りの中から、忽ち歓声が沸き起こる。

（浪人さんというのは、俺のことか？）

太一郎は当惑した。

と同時に、いま自分が、黒縮緬の着流しという浪人風体でいることを、改めて思い出す。

現在の己の境遇を思えば、目立つ行動をとらぬほうがよいということくらい、教えられなくともわかる。

（まずい……）

そそくさと立ち去ろうとしたとき、

「ま、待ってください、旦那」

驚いたことに、浪人どもにさんざんにやられていた《合羽》の子分たちだった。

必死な声音に呼び止められる。

「お、お礼を——」

「いや、いい」

太一郎は慌てて首を振り、そのまま踵《きびす》を返そうとするが、その裾を摑まれる。

「いいえ、お助けいただいたのにお礼もしねえでお帰ししたら、俺たちが親分に怒られますんで……」

兄貴、と呼ばれていた、一番年嵩《としかさ》の男だった。

「どうか、後生《ごしょう》ですから」

最もひどくやられたらしく、満面赤黒く腫れあがって、最早元の人相もさだかならぬ風情だが、声音は意外にしっかりしている。

それに、裾を摑んだ手も――。振り解こうとしても、容易には振り解けない。

「どうか、お礼を」

「わ、わかった」

仕方なく、太一郎は肯いた。

「わかったから、とにかくこの手を離してくれないか」

半ば懇願するように言い、

「その前に、怪我の手当てをしたほうがよいぞ、そなたら」

最終的には、心から懇願した。

「旦那……」

太一郎の優しさに、傷ついた三人の博徒は心底感激したようだった。

「ねえ、兄貴、このお方に、うちの用心棒お願いできねえでしょうか」

「え？」

「そりゃ、いい考えですよ、兄貴」

「しかし、そんな急に……」

「だって、黎さん、ずっとやめるやめるって言ってるじゃねえですか」

「ああ、婿入りが決まってるからな。次の用心棒が決まるまで、って無理言って引き止めちゃいるが――」

「なら、このお方にお願いしましょうよ。ここで助けてもらったのも、なにかの縁だ」

「そうですよ、兄貴、このお方なら、黎さんの代わりになりますよ」

「うん……」

彼らが囁き交わす言葉を、悪夢のように太一郎は聞いた。本人たちは声をひそめているつもりだろうが、残念ながらすべて筒抜けだった。

悪夢から逃れようと無意識に後退《あとじさ》った太一郎は、だが既に、野次馬たちがその場から立ち去っていることを知った。喧嘩好きの江戸っ子は、喧嘩が終息すれば即ち興味を失う。

見れば、《黒熊》の子分たちも、その用心棒の浪人どもも、いつのまにかその場から姿を消していた。

三

大門を出てしばし行くと、浅草観音《あさくさかんのん》の大屋根が見えてくる。

黎二郎は両手を伸ばしざま、大欠伸《あくび》をした。愛しい女と枕を交わした甘い夢からも、そろそろ醒める頃おいだ。

衣紋坂《えもんざか》を過ぎて見返り柳にさしかかったあたりで、黎二郎はその男の姿を見かけた。

（あいつ……）

数日前に廓《くるわ》で暴れ、黎二郎が取り押さえて番所につき出した男にほかならなかった。

番所につき出されれば、当然役人の詮議を受けることになる。場合によっては二、三日——いや、それ以上、入牢することになってもおかしくはない。

入牢にはいたらず、お解き放ちになったとしても、大抵の者は懲りて、暫《しばら》く遊里に近づかぬものだ。

それが、いままた、吉原からほど遠からぬこんなところで姿を見かけるとは、一体どういうことであろう。

黎二郎は訝《いぶか》しんだ。

このあたりをうろついているということは、吉原からの朝帰りである可能性が高い。

（あの野郎、どの面《つら》下げて……）

ついカッとなり、その男に近づこうとした黎二郎は、だが途中で気が変わり、あとを尾行《つ》けてみることにした。

男が、ただ怒りに任せて暴れようとしたのでないことは、あのときにもなんとなく察せられていた。

だとしたら、一体あの男どういう種類の人間で、なんの目的で吉原にいりびたっているのか、調べてみる必要がある。

（兄貴のおかげで、すっかり密偵づいちまったな）

内心少しく苦笑する。

男は、日本堤《づつみ》を下って田《た》町二丁目の辻を、浅草観音のほうへ向かっているようだった。

護摩堂《ごまどう》の裏手から鐘楼の横を通って表門へ出るつもりだろう。

（吉原からの帰り道にお参りしようたあ、見上げた心がけじゃねえか）

舌打ちするような思いで男のあとを尾行けていた黎二郎は、だが、もうすぐ表門に到るというところまで来て、忽ち狼狽《うろた》えることになる。

表門に向かう参道は、この時刻からものすごい人波だった。もとより、日頃から参拝客の多いことでは人後に落ちない観音寺だが、進むも退くもままならぬほどの人出とは、些《いささ》か異常である。

(縁日か)

黎二郎は漸く思いあたった。

縁日の人出は通常の二倍。おそらく、人波は廣小路《ひろこうじ》のあたりから延々と続いていることだろう。

(しまった——)

人混みの中に入り込んでまもなく、黎二郎はその男を見失った。

焦って、前へ進もうにもこの人波だ。

一度見失ったら、二度と巡り逢うことは不可能だろう。

(あの野郎……)

為す術もなく人波に揉まれながら、黎二郎は臍《ほぞ》を嚙んだ。今日が浅草寺《せんそうじ》の縁日だと思い出していれば、この人波に足を踏み入れる前に、男を捕らえて詰問することもできたろう。

或いは、黎二郎の尾行に気づいてこの人波に誘導したとすれば、侮れない相手である。

（まさかな）

だが黎二郎は自らの胸に起こった疑いを自ら否定して、懸命に人波の中から逃れた。しばし流れに逆らって廣小路方面に向かって歩き、なんとか傳法院《でんぽういん》の裏門のほうへ逃れた。

廣小路を逸れ、花川戸《はなかわど》のほうへ足を向ける。

（馴れねえことはするもんじゃねえな）

苦笑しながら大川端を漫ろ歩いていると、

「黎さん、黎さんッ」

不意に背後から呼びかけられる。

「黎さんッ」

呼びかけてきたのは、《合羽》の伝蔵一家の若頭・仁吉《にきち》であった。

「なんだよ、仁吉、物売りじゃあるまいし、そんな大声出すこたねえだろ」

「………」

黎二郎の言葉に、仁吉は答えなかった。答えられなかったのだ。

仁吉は、青ざめた顔で激しく息を切らしていた。息を切らすほど走ってきたなら、頬が紅潮している筈なのに、顔色はあくまで青白い。黎二郎は流石《さすが》に異変を察した。

「どうした、仁吉？」

「それが——」

仁吉は漸く口を開くが、すぐには言葉が続かない。そこまで息を切らすほど、夢中で走ってきたのかと思うと、さすがに不憫《ふびん》になってくる。

「なにかあったのか？」

「………」

「《黒熊》の奴らが、またなにか仕掛けてきやがったのか？」

「ええ、山谷堀の蕎麦屋で——」

一旦言いかけて、だが仁吉はすぐに口を噤《つぐ》んだ。既に呼吸は戻っている。戻っているからこそ、口を開いた。

だが、言いかけて、仁吉はすぐに、常々親分に言われていたことを思い出したのだ。

即ち、

「来嶋の旦那は、もうじきうちとは関係のねえお人になる。もうこれ以上、面倒事を持ち込むんじゃねえよ」

という親分の言葉を。

「なんだ、山谷堀の蕎麦屋がどうした?」

「いえ、その……」

「なんだよ、はっきり言えよ。……《黒熊》の子分どもが、山谷堀の蕎麦屋で暴れてるって話じゃねえのか?」

「はい」

仁吉は思わず肯いた。

さすがは黎二郎、話が早い、と思った瞬間、つい肯いてしまった。

「あ、でも——」

仁吉が慌てて口を開いたときには、だが黎二郎は既に走り出している。

「黎さんっ」

仁吉は慌ててそのあとを追った。

黎二郎の行く先はわかっていたが、いまはとりあえず、全力で彼のあとを追うべきだ、と思ったからだ。それが、彼に助けを求めてしまった者の礼儀というものだろう。

「兄貴……」

伝蔵親分の家で、変わり果てた姿の太一郎と対面したとき、黎二郎はしばし言葉を失った。

「なんで兄貴が……」

言いかけて、ふと黎二郎は背後を顧みた。そこに、《合羽》一家の子分たちが神妙な顔つきで控えている。

「てめえら、なに考えてんだッ」

頭ごなしに、怒鳴りつけた。

「兄貴は、この家に泊まったこともあるだろうが。なんで、わかんねえんだよッ」

「いえ、その…あのときとは、全然違ってましたんで……」

「なにが違うってんだよ！」

「いや、この風体だ。…見誤ったとしても、仕方なかろう」

いきり立つ黎二郎を、無表情なままに太一郎が宥《なだ》めた。

それで黎二郎は、改めて太一郎を熟視する。

月代も髭も当たらず、髷《まげ》も乱れている割には、さほど不潔な感じがしないのは、風呂屋に居候しているおかげだなどということを、もとより黎二郎は知る由もない。

また、野暮天《やぼてん》の太一郎にしては趣味のよいその黒縮緬の着流しが存外似合っていることも、黎二郎を戸惑わせている一因だった。

「だ、だいたい、兄貴も兄貴なんだよ。なんなんだよ、その似合わねえ恰好は！」

「悪かったな、似合っていなくて。余計なお世話だ」

　太一郎は終始憮然としている。

「ま、まあ、なにかわけがあるんだろうけどよう」

不機嫌な太一郎を、今度は黎二郎のほうが宥める口調になり、それとなく兄の顔色を窺う。

「にしても、ここへ連れてこられる前に、名乗ればいいだろうよ。なにもこいつらの言いなりに、ここまで来なくたって……」

「それが、そうはいかんのだ」

　苦りきった顔で太一郎は応えた。

　何処で誰が聞いているかわからぬ路上で名乗るなど、それこそ自殺行為である。太一郎とて、己の置かれた立場の危うさは充分に理解していた。

《合羽》の子分たちから懇願されて、幡随院《ばんずいいん》門前町伝蔵の家まで素直に連れてこられたのには、太一郎なりの考えがある。

　即ち、ここへ来れば、何れ《いず》黎二郎に会えると思ったのだ。

　そして黎二郎は思いの外《ほか》早く、ここへ来た。

些《いささ》かいきり立ち過ぎていて五月蝿《うるさ》いが、それは仕方ない。

「黎二郎、お前に話がある」

太一郎は漸く自ら口を開き、黎二郎も漸く兄の思惑をぼんやり察した。

「おい、お前ら——」

察すると即ち、

「もういいから、消えろ」

子分たちに向かって黎二郎は言い、子分たちは直ちにその言《げん》に従った。彼らと黎二郎とのつきあいは長い。親分の伝蔵は別格としても、若頭の仁吉はじめ、他の兄貴分たちよりは、遙かに尊敬されている。

「それで、話ってなんだよ？」

子分たちが座敷の外に去り、更に部屋からも離れる気配を察してから、黎二郎は問い返した。

「いや、その前に、その妙な恰好は、一体なんの余興なんだ？」

「余興ではない」

沈みきった声音のまま、太一郎は応える。言わねばならぬことなら山ほどあるのに、なかなか言葉が口から出ない。なにから話せばよいのか、考えるほどに気が重くなった。

　そして思案に思案を重ねた挙げ句、

「お役目だ」

　漸く、短く告げられた言葉であった。

「まあ、そうだろうな」

　浪人風体が存外板に付き、常の兄とはまるで様子の違う太一郎を、困惑顔で黎二郎は見返す。勿論、真面目な兄が、伊達《だて》や酔狂《すいきょう》でそんな出《い》で立ちをするとは、彼とて夢にも思っていない。内偵中の変装であることは、想像に難《かた》くなかった。

　問題は、内偵中の兄が、何故自分の世話になっている博徒の家に、次の用心棒候補としてやって来たか、である。

「お前に頼みがある」

「頼み？」

「使いに行ってくれぬか？」

「何処に？」

「家にだ」

「家？」

「母上と綾乃に、俺は息災《そくさい》である、と伝えてくれぬか。お役目故に、当分家に帰れぬかもしれぬが、心配はいらぬ、と」

「…………」

「できれば、本日中に──」

「うん」

「おい、黎二郎、聞いているのか？」

黎二郎の生返事を聞いて、太一郎は忽ち気色《けしき》ばむ。

「それ、どうだろうな」

「え？」

「兄貴は、おふくろ様や義姉上《あねうえ》が心配してるだろうと思って、俺に頼んでるんだよな？」

「わかりきったことを訊くな」

「だったら、寧《むし》ろ逆効果だと思うぜ」

「なんだと？」

「兄貴がお役目で家を空けるってことは、おふくろ様も義姉上も、わかってんだろ。二人とも、筋金入りの武家の女だ。それなりに覚悟もしてる。……そこへ、わざわざ

『無事でいるから心配するな』なんて、言ってみろよ」

「……………」

「まるで、『心配しろ』って、言ってるようなもんだろ」

黎二郎に指摘され、太一郎は言葉を失った。

なにからなにまで、万事そつなく手をまわしてくれる嵩が、何故彼の家族への連絡だけは渋ったのか、はじめてその理由がわかった気がした。わかると忽ち、

(俺にはわからなかったことが、黎二郎にはわかるのか)

己の鈍感さに、太一郎は絶望する。

「いや、どうしてもっていうなら、行くけどさ」

兄の落ち込み顔に胸が傷んで、黎二郎はつい口走った。

「ああ、行くよ、行くよ。俺もそろそろ、おふくろ様の顔が見てえと思ってたんだよ」

「もういい、黎二郎」

「いや、だから、行くって……」

「行っても、俺のことは言わなくていい」

「けど……」

「ただ、もし万一――」

「万一？」

「母上はともかく、綾乃が、俺の身を案じて夜も寝られぬ様子であったなら――」

「うん」

「そのときは、俺の無事を、伝えてやってくれ」

言ってから、太一郎はわずかに微笑《ほほえ》んだ。そうさせた黎二郎の胸さえ傷むほどの、淋しい微笑だった。

「それと、もう一軒、行ってもらいたい家がある」

淋しい微笑を浮かべたままで、すぐ太一郎は言葉を続けた。

「山谷堀の《雉子の湯》という湯屋へ行き、そこの主人の半次郎という者に、俺が今日からここで世話になるということを伝えてくれ」

「え？」

「これもなにかの縁だ。しばらく、伝蔵親分の用心棒をしようと思う」

「ええ～ッ」

黎二郎は絶句した。束の間の胸の傷みも、無論瞬時に吹っ飛んだ。

四

ひゅるぅ～

ひゅるる～

耳許《みみもと》を掠めてゆく風の音に、順三郎は思わずゾッとする。

寒い。

昼間は少し動けば汗ばむくらい暖かいのに、日が暮れ落ちると忽ちシンと空気が凍《こご》える。日中はあれほど濃く甘く漂っていた花の香も、いまは殆《ほとん》ど感じることができない。闇夜であることも手伝って、その寒さは底無しに思える。

恐る恐る進めていた足が、つと、木の根に躓《つまず》いて、

「うわぁッ」

順三郎は、思わず驚きの声を発した。

「な、なんだ！」

すると忽ち、前を歩いていた孫四郎が驚き、足を止めて振り向く。

「あ、足が……いま、何者かが、わ、私の足を摑んで……」

順三郎が己の不自由を必死に訴えると、

「ば、馬鹿な」

半信半疑ながらも、孫四郎は目を凝らし順三郎の足下を覗き込む。

「なんだ、木の根に躓《つまず》いただけではないか」

「え？」

「気をつけろよ」

舌打ちしつつも、孫四郎は震える順三郎の足首を摑むと、木の根から外してくれた。

「行くぞ」

「ちょ、ちょっと待ってください、孫四郎殿」

「今度はなんだ？」

「もう、やめませぬか？」

「今更なんだよ、ここまで来て」

「で、でも……こんなに暗くては、もうこれ以上は進めません」

「折角ここまで来たんじゃないか」

自らを奮《ふる》い立たせるように孫四郎は言う。

「それは、そうですが……」

順三郎は無意識に孫四郎の袂を摑んだ。

蟄居閉門《ちっきょへいもん》になった武家屋敷の常で、その周囲には竹矢来《たけやらい》が組まれていたが、相当古びていたため、破れた隙間から易々と入り込むことができた。無人の屋敷であるから、勿論門前を護る門番の一人もいない。日没まで待たずとも、楽に侵入できたかもしれない。

既に戸が破れてしまっている勝手口から侵入したが、なにしろ何年も放置されているため、邸内は荒れ放題だ。草も木も、伸び放題である。

その荒れた庭を横切り、灯《とも》り一つ点らぬ建物に近づくのは至難の業だった。

ほほぉ、

ほほぉっ……

何処かで、梟《ふくろう》の低く鳴く音がした。

「ひゃあッ」

その声に驚き、順三郎は跳び上がる。

「わぁッ」

つられて孫四郎も跳び上がる。

強引に順三郎を誘った手前、懸命に堪《こら》えてはいるが、彼とて、恐れ、怯《おび》えていることでは順三郎とさほど変わらない。ここへ来るまでの溢れるほどの好奇心は、底低い風の音と梟の鳴き声を耳にした途端、何処《いずこ》とも知れずに吹き飛んでいた。

「もう戻りませぬか、孫四郎殿？」

「馬鹿を言え。折角来たのだ。幽霊とやらの正体を見極めねば、帰れる道理がないではないか」

「しかし……」

「いいから、行くぞ」

更に自らを鼓舞するため、強い語調で孫四郎は言い、順三郎の手をとった。その手が震えていることにも、勿論順三郎は気づいていない。

もしいま、月明かりが二人の頭上に射せば、強がる孫四郎のその顔がすっかり血の気を失っていると知ることもできたであろうが。

「孫四郎殿」

「なんだ？」

「如何《いかが》なさるおつもりです？」

「え？」

「幽霊に会って、一体どうなさるおつもりなのです？」

「…………」

順三郎の素朴な問いに、孫四郎は答える言葉がなかった。

「幽霊と会って、無事に帰れる保証など、どこにもないではありませぬか。……自慢ではありませぬが、私は、剣の腕はからきしでございますよ」

「そ、そうなのか？」

「幼き頃より兄たちに連れられ、一応道場へは通いましたが、兄たちと違って生来その才がないらしく、さっぱり上達いたしませんでした。……近頃では、道場にすら参っておりませぬ」

「し、しかし、お前の兄たちは、二人とも免許皆伝の達人というではないか。……才が、全くないわけではないだろう」

「兄弟といっても、必ずしも同じ才を受け継いでいるとは限りません。そうではありませぬか？」

「確かに……」

孫四郎はぼんやり呟いた。

年の離れた二人の兄たちと自分との才の違いは、いやというほど思い知らされてきた。

「だ、だが、幽霊を相手に、剣の腕は関係あるまい」

しかし、思い返して孫四郎は主張する。

「そうでしょうか？」

「え？」

「では、剣を以てしてもどうにもできぬような恐ろしい敵を、一体どうなさるおつもりなのです？」

「………」

順三郎の鋭い指摘に一瞬間言葉を失ったものの、

「恐ろしい敵かどうか、わからぬではないか」

孫四郎はどうにか言い返した。全く理に合わぬ、苦しすぎる言い訳だった。

「孫四郎殿」

「と、とにかく、もう少し行ってみよう」

順三郎の手を強引に引っ張って、孫四郎は歩を進める。

膝のあたりまでボウボウに伸びた草を掻き分けて進めば、忽ちなにかに突き当たる。

「あぁ～」

「今度はなんだ、順三郎？」

「なにか、踏みました」

順三郎はたまらず訴える。

「足の下で、なにかソロリと動きました。…なんでしょう?」

「知らぬッ」

順三郎の訴えに耳を貸さず、孫四郎はムキになって歩を進める。順三郎は仕方なくそれに従う。

「ところで孫四郎殿」

「ん?」

従いつつ、順三郎はふと問うた。

「幽霊とやらに出会えなかったときは、どうなさるおつもりです?」

「…………」

「このまま邸内を進めば、我らは他人の住居に押し入る盗っ人も同然でございますぞ」

「ば、馬鹿を言え。ここは空き家じゃ。空き家に押し入る盗っ人がおるか」

「その言い訳が、果たして町方《まちかた》の者に通用しましょうか?」

「…………」

「万一、町方に見咎められましたなら、なんといたします？」

「………」

「もし町方に捕らわれて、若年寄様の御名に傷を付けるようなことになれば……」

「………」

答えぬ孫四郎の心中を思いやる余裕は、もとより順三郎にはない。無意識に発する己の言葉が、友を追いつめているなどとは夢にも思わず、更に言葉を続けようとしたとき、
ぶぁさッ、
ばぁさッ、
鳥の飛び立つ羽音にも似た音がすぐ近くで鳴り、二人はともに言葉を失った。

なにかに、風が強く吹きつけた音なのだが、怯えきっている二人の耳には、最早化け物が呼吸する音にしか聞こえない。

だが、辛うじて悲鳴を呑み込んだ孫四郎の手は、そのとき無意識に力を込め、順三郎の手を握り返している。

「孫四郎殿」

「な、なんだぁッ」

遂に堪えきれず、孫四郎は声をあげた。

「なにか、聞こえませぬか？」

「か、風の音だろう」

「人声《ひとごえ》のようにも聞こえまするが」

「き、聞こえぬ」

「いえ、人の声ではないとしても、なにやら生き物の声であることは間違いありません」

「の、野良猫でも棲みついているのだろう。お前もそう言っていたではないか」

「しかし、ここは幽霊屋敷です。幽霊の声と思うのが自然ですが」

「…………」

「やはり、人の話し声のように聞こえますが」

「違う、違う！」

「幼い女の子の声のようにも聞こえませぬか？」

「女の子だと？」

「ほら、よく聞いてください、孫四郎殿」

「や、やめろッ。人の声などであるものか」

孫四郎は夢中で口走るなり、やおら踵《きびす》を返し、走り出した。

「あ、お待ちください、孫四郎殿ッ」

順三郎は慌ててあとを追おうとするが、

「ああ——っ」

次の瞬間、孫四郎はなにかに躓き、その場に転んだ。

「大丈夫ですか、孫四郎殿ッ」

順三郎は慌てて助け起こそうとするが、最早心が折れ、精も根も尽き果てた孫四郎は、なかなか動き出そうとはしない。

「行きましょう、孫四郎殿」

動かぬ孫四郎を強引に引き立て、順三郎は出口を目指した。

泣き出したいほど恐ろしいのに、戦《おのの》く孫四郎の様子を見た途端、自分が友を守らねば、という気持ちが湧いて、自分でも驚くほど冷静に身を処すことができた。

第三章　奇譚《きたん》

一

鮮やかな緋毛氈《ひもうせん》が、部屋一面に敷き詰められていた。

その上に飾られているのは、見事な金襴《きんらん》、錦からなる束帯《そくたい》、五衣《いつつぎぬ》や唐衣《からぎぬ》を纏《まと》う豪奢な享保雛《きょうほうびな》だ。

母が嫁入りする際、嫁入り道具の一つとして持参した年代物だが、よく手入れが行き届いていて、古びた感じは全くしない。

金箔の屛風《びょうぶ》に練り絹の几帳《きちょう》、簞笥《たんす》や長持《ながもち》、鋏箱《はさみばこ》、御所車《ごしょぐるま》といったお道具類もすべて、雛人形の贅沢さと比べて少しも見劣りのしない、美しい細工が施されている。

女児たちはそれらを手にとり、うっとりとした様子で眺めては元に戻す。一つを戻すとまた別の一つを手に取る、ということを繰り返していた。

「触ってはだめよ」

十歳になったばかりの長姉が、老成《ませ》た口調で幼い妹たちを窘《たしな》める。

「このおひな様は、わたくしがお嫁入りするときにいただいて行くの。だから、汚さないでちょうだい」

「え〜、姉上だけ、ずるぅい」

「ずるぅい」

六歳の次女が唇を尖らせると、四歳の三女もすぐにそれを真似《まね》た。

「いいのよ。長女なんだから」

「姉上がおひな様を持っていってしまったら、その次の年から、わたくしたちはお節句が祝えなくなります」

次女が必死に言い募ると、幼い三女は忽ち泣きそうな顔になる。

「姉上のばかぁ〜」

「おやめなさい、千代《ちよ》」

部屋の奥で、娘たちに着せる晴れ着の仕度をしていた母が、漸《よう》く長女を窘めた。

「このお雛様は、私のものです。あなたにはあげませんよ」

「ええっ！　そんな、母上！」

「じゃあ、わたくしにくださいな」

「いいえ、あなたにもあげませんよ、千香《ちか》。お雛様は、ずっとこうしてこの家に飾って、あなたたちの息災を祈るのです」

「でも、母上――」

長女の千代が不満げに口を挟もうとするのを、

「だいたい、あなたのお嫁入りなんて、まだまだ先のことですよ。いまからなにを言ってるんです」

やんわりと阻《はば》み、優しく言い聞かせた。

「まだまだ、この先何年も、こうして、みんなで一緒にお祝いするのですよ。このお雛様は、私のお雛様ですが、千代のお雛様でもあり、千香のお雛様でもあるのです。もちろん、千恵《ちえ》のお雛様でも――」

娘たちはいつしか姿勢を正し、母の言葉に耳を傾けていた。

「ですから、お雛様を奪い合って姉妹が争ったりしてはいけません。いいですね？」

「はい、母上」

姉妹たちは、揃って応え、母の言葉に肯《うなず》いた。

それぞれに母親似の、美しく賢い姉妹たちだった。

「では、お客様がいらっしゃる前に、着物を着替えてしまいましょうね」

「は〜い」

娘たちは嬉々として母に従う。

桃の節句用に母が新しく誂《あつら》えてくれた着物に、はじめて袖をとおすのだ。嬉しくないわけがない。

やがて、真新しい晴着で美しく装った姉妹たちは緋毛氈の上に行儀よく座して、仲良くお雛様とそのお道具を眺める。

床の間に飾られた桃の花の甘い香りが、部屋いっぱいに漂っていた。

長女の千代が、お道具の中から朱塗りの酒器を取り上げ、

「さ、召し上がれ」

戯《たわむ》れに、妹たちに向かって言う。千香が慌てて小さな盃《さかずき》を手にとると、千恵もそれを真似て盃を手に取る。

千代が、酒器を傾けて、妹たちの小さな盃にそっと差しかけると、二人はそれを受けて、盃の酒を飲む真似をした。

「では、姉上も――」

千香が千代の手から酒器をとり、今度は姉の手に盃を持たせる。

「頂きます」

千代は大真面目な顔で盃を干す真似をした。

娘たちの飯事《ままごと》遊びを、母は目を細めて眺めている。

長女の千代と次女の千香の年が四つ離れているのは、そのあいだに、八歳の男児がいるためだ。後継ぎの男児も産んだ上に、こんなに美しく可愛らしい、花のような娘たちを産むこともできた。武家の妻として、これ以上の至福はないだろう。

「母上？」

千代がふと、不安げに母を顧みた。

それで漸く、母親も我に返る。

「どうしました？」

「なにやら表のほうが騒がしくありませんか？」

「え？」

耳を澄ますと、確かになにやら物音と人声がしている。

「お客様がおみえになったのでしょうか」

母親は立ち上がり、障子に手をかけた。

「でも、お客様にしては、いやに騒がしくありませんか、母上？」

千代が問いかけるのと、障子が開かれるのとが、ほぼ同じ瞬間のことだった。

ざしゃ――ッ、
障子が開かれたその瞬間、部屋に敷かれた緋毛氈の色よりもなお赤い飛沫《しぶき》が、一面に飛び散った。

「ぎゃあ――ッ」

母親が身に纏った浅葱《あさぎ》色の着物の半身が、一瞬後朱《しゅ》に染まっていた。

右の肩口から左脇にかけて、袈裟懸けに一刀、斬りつけられていたのである。

斬ったのは、黒覆面で顔を隠した凶賊だった。血刀をひっ提げたその恐ろしい姿は、一瞬母の体の陰に隠される。

「母上――ッ」

雛人形の前にいた娘たちは揃って叫んだ。

「お、お逃げなさいッ」

身を捩《よじ》って倒れ込みながら、母は必死で娘たちに向かって言った。だがその声は、残念ながら娘たちの耳に届くほどの音声にはならなかった。

仮に聞こえていたとしても、障子を蹴破って闖入《ちんにゅう》してきた賊たちが、それを許さなかったろう。

「母上――ッ」

娘たちは、倒れた母に近寄ることもできなかった。

「ははうえ……」

母を慕って歩き出そうとする幼い妹の体を、十歳の千代が咄嗟《とっさ》に庇《かば》った。庇った千代の背から、次の瞬間、

ざぁ――ッ、

と夥《おびただ》しい血飛沫があがる。その刃は姉の体を貫き、幼い妹の胸にまで届いた。

「……」

その返す刀が、声もたてられずに震えている次女・千香の体にも容赦なく突き立てられる。

幼い姉妹たちが、瞬時に命を奪われた。

「ぎゃあぁ――ッ」

部屋の外では、ひっきりなしに断末魔の絶叫が聞こえていた。

まさしく、阿鼻叫喚《あびきょうかん》の地獄絵図だった。

「菊池家に賊が押し入り、家族家人合わせて三十数人が皆殺しになったのが、三月三日、桃の節句の日のことだ」

黎二郎の口から語られる悲惨な物語を、順三郎と孫四郎はともに言葉もなく聞いていた。

「大人《おとな》はともかく、幼い娘たちは、てめえが斬られて死んだことにも気づいてねえから、毎年桃の節句が近づいてくると、雛人形を並べて、桃の節句を祝うんだとさ」

「そ、それはまことですか？」

恐る恐る、順三郎が問い返す。

「聞こえたんだろ、子供の声が？」

「…………」

順三郎も孫四郎も、ともに答えを躊躇《ためら》った。

半ば強引に孫四郎に連れて行かれた三番町の幽霊屋敷から這々《ほうほう》の体《てい》で逃げ出したところで、何故か黎二郎に出会《でくわ》した。

「黎二郎兄《にい》～ッ」

順三郎が夢中で黎二郎に泣きついたのは勿論、

「お、お助けくだされ～」

孫四郎も同様に、黎二郎に縋《すが》り付いた。

何故黎二郎が、この時刻にこんなところにたまたま出会《でくわ》したのかという疑問よりも、嬉しさのほうが数段勝った。

「な、なんなんだよ、お前ら――」

突然の事態に、黎二郎は当惑したが、

「黎二郎兄は何故ここに？」

という当然の問いが順三郎の口から飛び出す前に、彼らを黙らせてしまう必要があった。

実は、黎二郎には黎二郎の仔細があってこの近くまで来ていたのであるが、残念ながらその目的は果たせなかった。しかし、そのことを順三郎たちに話して聞かせるつもりはない。

「お前ら、あの幽霊屋敷が、どんなに恐ろしいところかを知ってて、忍び込んだのか？」

順三郎と孫四郎とは、ともに無言で首を振った。

「しょうがねぇなぁ」

それ故黎二郎は、その幽霊屋敷に伝わる怪談を二人に話して聞かせた。

手短に話すつもりが、二人のビビる様子が面白《おもしろ》く、つい熱が入ってしまった。多少は脚色潤色し、付け加えた部分もあるが、嘘をついたつもりはない。

「三十年も前の話だしな。……俺も勿論生まれてねえし。人に聞いた話だぜ」

「ひどい……」

孫四郎はすっかり血の気を失った顔で、ぼんやり呟いた。育ちのよい御曹司には、些《いささ》か刺激が強すぎたかもしれない。

（ちょっと、やりすぎたかな？）

黎二郎は少しく後悔したが、最早《もはや》後戻りはできない。

「一家を斬殺した下手人《げしゅにん》は、その後捕らえられたのですか？」

「いや、捕らえられて、処刑されてれば、殺された者たちもまだ少しは浮かばれたんだろうが……」

「捕らえられていないのですか！」

まるで目の前にいる黎二郎がその下手人だと言わんばかりに語調を荒げる孫四郎に、黎二郎は内心閉口する。

「なんということだ！　旗本屋敷に押し入り、家族家人を皆殺しにした凶賊が、捕らわれもせず、のうのうと逃げ延びたとは……」

激しい義憤に身を震わせる孫四郎を持て余した黎二郎は順三郎に向き直ると、

「夜も更けたし、お前ら、とっとと家に帰ったほうがいいぜ。…だいたい順、お前、こんな時刻まで黙って家を開けたりして、おふくろ様や義姉上が心配してるだろうがよ」

有無を言わせぬ口調で言った。

「今宵は、学問所の課題を一緒にやるため、孫四郎殿のお宅に泊まると言ってあります」

「そうかい。……だったら、そこらで二八蕎麦《にはちそば》でも食ってくか？　腹減ったろう？」

「いえ、孫四郎殿を、そのようなところへお連れするわけには……」

「そ、蕎麦をいただきますッ」

言いかける順三郎を押し退《の》けるように、勢い込んで、孫四郎が応えた。

「連れて行ってください、黎二郎兄上」

「え？…あ、そうかい」

孫四郎から兄上と呼ばれて、黎二郎もさすがに面食らった。香奈枝に言いつけられて順三郎のあとを尾行《つ》けた際、その顔は見知っているが、実際に孫四郎と言葉を交わすのはこれがはじめてである。権門《けんもん》に生まれ育ち、いまをときめく若年寄の息子とく

れば、どうせ鼻持ちならない、いやな奴だと思っていたが、この人懐こさはどうだろう。

「あ、申し遅れました、黎二郎兄上。それがしは、順三郎殿の友人で、京極備前守が一子、京極孫四郎と申します。以後お見知りおきを」

孫四郎は改めて黎二郎に向かって名乗り、恭《うやうや》しげに一礼した。

「あ、ああ」

不得要領に肯《うなず》くと、

「俺は、順のすぐ上の兄貴で、黎二郎だ」

黎二郎も仕方なく名乗り返す。

「はい、黎二郎兄上」

「だから、その……黎二郎兄上ってのは」

「はい。順三郎は私の無二の友。その兄上は、私にとっても兄上です。……そう思っては、いけないでしょうか？」

「い、いや、嬉しいよ」

黎二郎は慌てて首を振った。

生温かい風の吹く夜道を歩いていると、なんとなく懐かしい気持ちになる。少年の

日、兄に手を引かれて夜道を帰った懐かしい記憶が胸に甦《よみがえ》る。

（なんとも可愛い坊やじゃねえか）

くすぐったい思いが、忽ち黎二郎の胸に満ちた。

「ああ、孫四郎、その辻を左へ行くと、蕎麦の屋台が出てる筈だぜ」

「はいっ」

楽しげな足どりで先を歩いていた孫四郎の背に呼びかけると、孫四郎は素直に従う。

その朗らかな背中を、黎二郎はぼんやり見つめていたが、

「おい、順」

ふと弟の袂を摑んで引き寄せた。

「え？」

「若年寄の息子だっていうから、どんな奴かと思ったら、馬鹿じゃねえのか、あいつ？」

真顔で問う。

「ちょ、ちょっと、黎兄…な、なにを言うんです」

順三郎は焦った。兄の言葉が、孫四郎の耳に入ったら、と思うと、当然焦る。

「だって、馬鹿だろ。…いい齢して、幽霊を見てみようと思うなんざ、利口な人間の

わけがねえ」

「そ、そんなことはありません」

断固として、順三郎は主張した。

「孫四郎殿は、決して愚かなわけではありません。…幽霊を見たいと思ったのも、強い好奇心の表れで……好奇心が強いのは、即ち学究心の強い証拠です。孫四郎殿は、きっと学問を成し遂げます」

「ふうん、そうかい」

黎二郎は内心ヒヤヒヤしながら順三郎の言葉を聞いていた。その音量で話せば、五、六歩前を行く孫四郎の耳にも届いているであろうことが易々察せられたからだ。

「黎二郎兄上」

孫四郎がふと足を止め、黎二郎を顧みた。

「な、なんだよ？」

「今度は吉原に連れて行ってくださいね」

「………」

「駄目ですか？」

「駄目じゃねえよ」

苦笑しながら、黎二郎は応じた。

「元服してんだから、遠慮することたねえや。いつでも、連れてってやるよ」

「約束ですよ」

「ああ」

請け負った黎二郎の耳許に、

「駄目ですよ、黎二郎兄」

順三郎がすかさず小声で囁く。

「吉原なんて、そんな悪所へ……」

本気で困惑しているようだった。

「わかってるよ。連れてくわけねえだろ、若年寄の御曹司を。俺だって、それくらいの分別はあるよ」

「本当ですね？」

「ああ」

強く念を押して、黎二郎がそれに肯くのを待ってから、

「ところで、黎二郎兄」

ふと口調を変えて、順三郎は言う。

「ん？」

「太一郎兄上が家に帰っておられぬことを、黎二郎兄はご存知でしたか」

「知らねえよ」

内心動揺しつつも、黎二郎は空惚《そらとぼ》けた。

「しかし、さきほど兄上は、私がこのような時刻まで外出していては、母上や義姉上が心配なされるだろう、と言われました」

「それがどうした？」

「私の身を案じると言うなら、太一郎兄上とて、人後《じんご》に落ちませぬ」

「だから、なんだよ？」

「されど、黎二郎兄は、最前太一郎兄上の名を口にされなかった。それは即ち、太一郎兄上がいま家におられぬことを存じておられるからではありませぬか」

「…………」

「太一郎兄上が何処でどうしておられるか、黎二郎兄はご存知なのではありませんか？」

(こいつ、いつからこんなに鋭くなりやがった？)

問い詰められて、内心黎二郎は舌を巻いた。だが、さあらぬていで、

「兄貴が何処でどうしてるかなんて、俺は知らねえぜ」

黎二郎はしらを切った。

「しかし……」

「俺が兄貴の名前を出さなかったのは、別に、言いたくなかったってだけのことだろ。考えすぎなんだよ、お前は」

投げやりな兄の言葉を、順三郎が信じたかどうかはわからない。

しかし黎二郎はそれきり口を噤《つぐ》んでしまうと、順三郎の側《そば》を離れ、数歩前を歩く孫四郎の背後に近寄った。

「…………」

その項に、無言でそっと息を吹きかける。

「うわぁッ」

当然孫四郎はそれに驚き、悲鳴をあげて飛び上がった。

「黎二郎兄上！」

「はっははは……ぼんやりしてると、また幽霊に襲われるぜ」

「からかわないでください」

孫四郎はさすがに憮然とした。

二

三番町の四谷御門の側に、千坪ほどの広大な屋敷を構える菊池家が改易となったのは、いまから三十年以上も前のことである。

三千石の旗本・菊池家は、代々書院番頭という要職を務める家柄であった。

そんな名家が、突然改易になった。

人々はさまざまに噂した。

蓋《けだ》し、よほどのことがあったに違いない。たとえば、殿中にての刃傷《にんじょう》沙汰。不義密通。或いは、謀反……等等。

しかし、菊池家が改易となった理由は、どうやらそれらのどれでもないらしい。

「それで、お前はそんなひどい作り話を、若年寄様の御子息にまで聞かせたのか」

「作り話じゃねえよ」

断固として黎二郎は主張する。

「あの屋敷にまつわる話は、子供の頃から聞かされてんだ。……兄貴も聞いただろ」

「ああ、聞いた」

「だろ？」

「だが、その話、誰から聞いた？」

「え？　誰だったかなぁ。……道場の大先生だったかなぁ」

「違うな」

太一郎は厳しい表情で首を振る。

「じゃあ、誰だ？」

「母上だ」

「え？　おふくろ様？」

「そうだ。その話は、昔我らが幼き頃、母上から繰り返し聞かされた話だ。菊池家とはなんの関係もない」

「え、そうだっけ？」

「忘れたのか？」

「なにを？」

黎二郎はキョトンとして問い返す。

「子供の頃、お前が母上に、桃の節句なのに雛人形を飾らないのはどうしてなんだとしつこく訊ねるので、仕方なく、恐ろしい話をして、お前を黙らせたんだ。三月三日に、兇刃に斃《たお》れた気の毒な家族のことを思うと、とてもじゃないが、節句を祝う気にはなれない、と。……それでもお前は、雛人形を飾り、白酒を飲んで浮かれたいのか、と——」

「じゃあ、それって、おふくろ様の作り話なのかぁ？」

「全くの作り話かどうかまではわからぬが、三番町の菊池家と無関係であることは確かだ」

「ったく、あきれた話だな」

「あきれるのはお前のほうだ」

渋い顔をして太一郎は言う。

「その話を聞かされてしばらくのあいだ、あれほど怖がり、一人で寝るのがいやだと言って、俺の布団にもぐり込んできおったくせに」

「ま、まさかぁ、そんなわけねえよ」

黎二郎はさすがに顔色を変えた。

「そんな怪談話ごときを、この俺様が怖がるなんてあり得ねぇ」

「ったく、お前というやつは」

太一郎は激しく舌を打つ。

「都合の悪いことはなんでも忘れてしまうのだ、お前は。……あんなに恐れて、厠《かわや》にも一人で行けず、いちいち俺を起こしたくせに」

「お、おい、やめてくれよ、兄貴――」

たまらず黎二郎は懇願する。部屋の外で、伝蔵の子分たちがニヤニヤしながら二人の会話に耳を傾けているであろうことが容易《たやす》く想像できたからだ。

「頼むから、ガキの頃の話は勘弁してくれよ」

声を落として、再度懇願した。

久しぶりに見る弟の困惑顔に、太一郎は満足したのだろう。ふと口許《くちもと》を弛《ゆる》めただけで、それ以上はなにも言わなかった。

「それで、嶌……いや、雉子の湯の半次郎には伝えてくれたか？」

「あ、ああ、伝えたよ」

「なんと言っていた？」

「え？」

「半次郎は、なにも言わなかったのか？」

「『わかりました』って言ってたぜ」

「それだけか？」

「それだけって？」

「俺が、伝蔵親分の用心棒になる、ということを伝えなかったのか？」

「ちゃんと伝えたよ」

「それを聞いても、半次郎はなにも言わなかったのか？」

「ああ、そう言えば、『あまり、ご無理をなさいませんように』とかなんとか、言ってたっけな」

「それだけか？」

「うん……」

太一郎の執拗な追及に閉口したのだろう。黎二郎はしばし眉を顰《ひそ》めて応えを逡巡した。

「どうした？」

「あの半次郎って奴――」

「半次郎がどうした？」

「いや、役者みてえな男前だと思ってよ。兄貴一体、どういう知り合いなんだ？」

「…………」

逆に問い返され、太一郎は言葉を失った。半次郎の正体が女だと気づいていないことについては内心ニヤリとするものの、その半次郎から自分に向けての伝言らしい伝言がないことに、太一郎は些か不満を覚えた。

(俺にはあれほど口喧《くちやかま》しく言ったくせに)

雉子の湯の居心地は、実のところ、さほど悪いものではなかった。

黙っていても、かなり美味《お》しい三度の食事が出てくる。登城しなくていい。誰も、何も穿鑿《せんさく》しようとはしない。

なにより、いつでも好きなとき風呂に入れるというのは有り難かった。そのおかげで、どんな身なりでいようとも、清潔を保つことができる。

だが、嶌という得体の知れぬ伊賀者と心を通わせられぬ以上、太一郎にとって、そこは矢張り、気の休まらぬ場所であった。

気の休まらぬ場所に長く留まっているよりは、自分で動いてみようと考えた。

そのために、満更知らぬわけではない伝蔵親分の用心棒という立場は、存外悪くないように思えたのだ。

「なあ、兄貴、結局俺にはなんにも、話しちゃくれねえのかな?」

「いや、別に話すことなどなにも……」

「俺は兄貴に言われるまま、家にも雉子の湯にも出向いて兄貴の言葉を伝えたのに、兄貴からは一言の礼もねえ」

「すまぬ。…ご苦労だったな、黎二郎」

「いいんだよ、礼なんざ。兄弟じゃねえか。兄貴に頼まれたら、そりゃ、命だって差し出すよ」

「そんな大袈裟な……」

大仰な黎二郎の言葉に、太一郎は困惑する。

何故なら、彼自身、逡巡しているのである。現在己の身に起こっている問題を、黎二郎に話すべきか否か。話せば、黎二郎は兄を助けようとあれこれ動いてくれるだろうし、頼りにもなるだろうが、だからといって、ここで弟に甘えてしまっていいのかどうか。

（いや、ことは、俺のお役目から起こったことだ。黎二郎を巻き込むわけにはゆかぬ）

あやうく黎二郎を頼りそうになる自らの弱い心に、太一郎は自ら厳しく言い聞かせた。

「なにも、話すようなことはない」

自らの心に決断を下すと、あとは迷わず言葉にするだけだ。

「俺はしばらく、ここに身を置く。お前は、家に帰れ」

「え？」

「家に帰って、俺の代わりに、母上と綾乃を守ってくれ」

黎二郎は驚いて兄の顔を見返したが、すぐに返事をしなかったのは、それが存外悪い考えではないと思えたからだ。

伝蔵親分の用心棒としてこの家にいる限りは、伝蔵親分のためだけに働かねばならない。それが用心棒の仕事だし、親分への礼儀でもある。

だが、太一郎が代わりの用心棒としてここに逗留するというなら、黎二郎の居場所はない。それに、兄弟揃って世話になるというのもさすがに気がひける。

家に帰るというのは気が進まないが、伝蔵親分の用心棒から解放されるなら、そのあいだは自由に動くことができる。黎二郎は黎二郎で、どうしても確かめたいことがあったのだ。

「わかったよ。じゃあしばらく、親分のことは頼んだぜ」

黎二郎は言い置き、太一郎一人を残して伝蔵の家を出た。

(しかし、兄貴はなんだか様子が変だったな)

神田鍛冶《かじ》町の来嶋邸へ向かう道すがら、思うともなく、黎二郎は思った。

顔つき口調はいつもの兄のものに相違なかったが、なにかが違う。浪人風体でいるのは、なにか内偵の最中だからなのだろうが、いつものように追いつめられた厳しさがなく、寧ろその状況を楽しんでいるようにも見えた。

(まあ、兄貴だって人間だ。たまには羽を伸ばしたいんだろうぜ)

異変を感じつつも、だが黎二郎はそれを好意的に解釈した。

「賭場《とば》には、毎晩顔を出してやってくれよ」

黎二郎からは、厳しく言われていたが、実のところ、太一郎にとって、それが最も辛い仕事であった。

古い寺院のはなれで密かに開かれた賭場にはじめて足を踏み入れたとき、

(ここは地獄か)

と思った。

狭い堂内に大勢の人間が犇《ひし》めき、獣のような声をたて合っている。小さな盆を囲む男たちの目は血走り、人とも思えぬ形相だ。町人もいれば、太一郎と同じような浪人風体の武士もいる。

また、盆中で壺を振る若い男は肌脱ぎになり、自慢の竜の彫り物をチラつかせていになった。

男たちの放つ熱気が堂内にたちこめ、その独特な臭気に、太一郎は思わず噎《む》せそうになった。

息の詰まる城中よりもなお息の詰まる場所がこの世にあったとは——。

（こんなところに、いつまでとどまっていなければならぬのだ）

悲鳴をあげたくなったとき、

「野郎、イカサマだッ」

「ふざけやがって！」

不意に盆中から、男たちの怒声があがった。

盆茣蓙《ぼんござ》を踏みつけ、数人の男たちが暴れ出した。

「賭場あらしです」

「旦那、お願いします」

伝蔵一家の子分たちが、すかさず太一郎に耳打ちする。

「どの男が、賭場あらしなのだ？」

太一郎は問い返した。

誰が伝蔵の子分で、誰が敵なのか、太一郎にはまだ判別がつかない。

「人相の悪いのが賭場あらしです」

と言われても、太一郎は困惑するばかりである。だいたい、人相のいい人間など、ここには一人もいないではないか。

(仕方ないな)

太一郎は重い腰をあげ、暴れる男たちのほうへと進み寄る。

「この野郎――ッ」

怒声を発しつつ、いまにも壺振りの男に殴りかかろうとしている色の黒い男の腕を、間一髪で太一郎は捕らえた。

「こ、この、離しやがれッ」

捕らえられたまま全身で抗《あらが》う男を持て余し、太一郎はそいつを腕ぐるみ抱え上げ、そして投げはなった。

ドギャン、
といやな音をたて、そいつは激しく床に転がる。

「畜生ッ」

仲間がやられたことで逆上した賭場あらしの片割れが、匕首《あいくち》を片手に太一郎に飛びかかるが、一喝とともに放たれた太一郎の手刀が匕首を握る手の甲と手首に鋭く打ち込まれた。

「騒ぐでないッ」

「うッ」

ひと声低く呻いたなりで、その男は匕首を取り落とし、その場に蹲《うずくま》る。骨が折れるほどの力はこめていないつもりだが、相手の戦意を喪失させるには充分だったろう。

二人がほぼ瞬時に戦闘不能に陥《おちい》ったことで、残った賭場あらしたちのあいだに動揺が走ったことは明らかだった。

ここまでくれば、太一郎にも、一家の者と敵の区別がつく。

即ち、恐怖と驚きの入り混じる目で太一郎を見つめているのが、賭場あらしの者たちだ。

それ故、

「怪我をしたくなければ、さっさと立ち去れいッ」

更に厳しく太一郎が一喝すると、残った仲間は忽《たちま》ち怯《おび》え、倒れた仲間を助けもせず、さっさと堂内から逃げ出した。

仲間が逃げるのを見て、倒された二人も顔色を変えてそのあとを追う。

「逃げたぞ」

「はい。さすがは黎さんのお兄上、お強うござんすね」

「いや、捕らえずともよいのか？」

太一郎は真顔で問い返した。

「え？」

「捕らえて、雇い主のことなど白状させるべきではないのか？」

「あ、いや、それには及びませんや」

子分は不得要領に首を振った。

「賭場あらしなんて日常茶飯ですからね。いちいちとっ捕まえても、埒《らち》があきませんや」

「そういうものか？」

「はい、そういうもんです」

事も無げに子分は言い、太一郎は暗い顔つきで口を噤《つぐ》むしかなかった。

(これは思ったより、きつい仕事かもしれぬぞ)

博徒の用心棒の心得を、ひととおり黎二郎から教えられた際には、気苦労の多い城勤めに比べれば全然容易いと思った。

なにより楽なのは、敵が弱いことだ。

公儀御庭番並の強い刺客と剣を交えてきた太一郎にとっては、文字どおり、赤児の手を捻る程度の労力でもって倒すことができる。

山谷堀で、《合羽》と《黒熊》の子分たちの喧嘩に出くわした。更には、《黒熊》の用心棒の力量もわかった。

(これでは、黎二郎がいつまでも用心棒をやめたがらぬのも無理はない)

黎二郎がこの気楽な仕事に固執する理由も、わかった気がした。

これほど楽に稼げて気ままに暮らせるのであれば、金輪際家《こんりんざいけ》になど戻りたくはあるまい。現に太一郎自身、この数日間の気ままな暮らしが気に入りはじめていた。

(だが——)

賭場あらしという、屍肉《しにく》に集《たか》る蝿《はえ》のような者たちを駆逐する作業は、容易くはあっても少々面倒であった。それ故、一匹を捕らえてその出所を潰せば、と思ったのだが、博徒の世界とは、どうやらそんな具合に、常に旗幟《きし》を鮮明にするようなものではないらしい。

(面倒だ)

用心棒を請け負ったことを、少しく後悔した。

湯屋の居候《いそうろう》でいたほうが、或はずっと楽だったかもしれない。

三

まさかそんな羽目に陥ることがあるなどとは、太一郎は夢にも思わなかった。

一日の大半は寝ていてもいい。

四六時中喧嘩騒ぎがあるわけではない。賭場でときを過ごすのは些か辛いが、慣れてしまえばさほどのことはない。

なにも為すべきことがないときの過ごし方こそが、問題だった。

(黎二郎の奴は、こんなとき、一体どうやってときを過ごしていたのだろう)

「お兄上も、たまには吉原へ遊びに行かれたらいかがです」

見かねて若頭の仁吉が勧めてくれるが、太一郎はさすがに、それだけは乗り気になれない。

「では、釣りなどいかがです」

「釣り、ですか」

伝蔵から直々《じきじき》に誘われて、太一郎は多少興味を示した。

閑《ひま》を持て余す。

《合羽》の伝蔵親分は、一見したところ、大店《おおだな》の主人を思わせる風貌の持ち主である。慈愛深い人格者のようには見えても、博徒の親分には到底見えない。

年の頃は五十前後。父の慶太郎《けいたろう》がもし生きていれば、ちょうどその年頃だ。

「釣りははじめてですかい？」

堀端に腰を下ろし、太一郎のための釣り竿に餌を付けてくれながら伝蔵は言い、微笑《ほほえ》んだ。

「ええ」

太一郎は肯き、伝蔵の手から釣り竿を受け取る。

家の物置に、古い釣り竿があったことを、太一郎は思い出していた。おそらく亡父が使っていたものだと思う。

母は常々、「亡き父上に対して恥ずかしくない男になりなさい」と口癖のように言っていたが、だからといって、慶太郎がどういう男であったか、具体的に話してくれたことは一度もない。太一郎も黎二郎も、敢えて問うたりはしなかった。

二人の兄が問わない以上、順三郎もまた、問うことはなかった。太一郎らと違って、父の顔すら知らぬ順三郎こそ、最も亡父のことを知りたかったであろうに。

（せめて母上のいないところで、もっと父上のことを話してやればよかったなぁ）

とは思うものの、そんな太一郎にも、ごく幼い頃の父の記憶しかないのであるが。

（もし父上が生きておられたら、勤めが休みの日には、こうして、ともに釣りなどしていたのであろうか）

伝蔵の静かな横顔にチラッと目をやりつつ、太一郎は思った。

（黎二郎の奴は、家を出てからというもの、毎日こんな暮らしをしていたんだなぁ。……これでは、婿入りや城勤めをいやがるわけだ）

寧ろそれが羨ましくさえ思えたとき、

「美しいお方ですな」

水に垂らした釣り糸の先へ視線を落としたまま、伝蔵が言った。

「え？」

「お母上様でございますよ」

「伝蔵殿は、母をご存知なのですか？」

香奈枝が、太一郎の素行を調べるよう黎二郎に言いつけるため、密かに伝蔵の家を訪れたことを、無論太一郎は知らなかった。

「黎二郎様によく似ていらっしゃいます」

「ええ、そうですね。…黎二郎は厭がりますが」

「太一郎様は亡きお父上に生き写しだとか」

「そのことも、黎二郎は気に入らないようです。なにかと言うと、私の言うことに逆らいます」

「はは…天《あま》の邪鬼《じゃく》なお方でございますからな」

伝蔵は少し声をたてて笑い、

「なれど、あなた様もまた、お母上によく似ていらっしゃる」

「え？」

「ご気性が——」

「まさか」

陽射しの強さに顔を顰《しか》めつつ、太一郎が苦笑したときだった。

ざっばぁ——ッ、

「きゃあ——ッ」

激しく水飛沫のあがる音と、複数の人の悲鳴が同時に起こった。

「身投げだぁ——っ」

叫び声がそれに続いた。

「身投げ？」

太一郎と伝蔵とは即座に立ち上がり、水音と人声のしたほうに足を向ける。

太一郎らが釣りをしていた堀端からもほど遠からぬところに、五〜六人ほどの疎《まば》らな人集《だか》りができていた。見れば、人が沈んだと思われるあたりが、ぶくぶくと泡だっている。

「どうして止めなかった？」

見物人の一人をつかまえて太一郎が問いかけると、

「無茶言うない。そんなひまあるかよっ！」

職人風の若い男は、荒々しく腕を振り払った。

その返答を聞くか聞かぬかというところで、太一郎は迷わず自ら飛び込んだ。

春とはいってもまだ水は冷たい。しかも、濁っている。だが太一郎はものともせずに深く潜《もぐ》った。

濁った水の中に、沈んでゆく青い塊《かたまり》が見える。青い着物を着た女の体に相違あるまい。太一郎は懸命に女の体に手を伸ばした。

身投げをする場合、大抵は両袖に石を入れ、少しでも体を沈みやすくする。そうしないと、息絶える前に体が水に浮いてしまうのだ。

（もう…少し……）

太一郎は懸命に手を伸ばす。

素潜《すもぐ》りと泳ぎは、幼い頃に父から習った。大人になってからは泳ぐ機会などなかったが、腕は鈍っていない筈だ。

(こ、この――)

指先が、帯に届く。

(と、届いた……)

太一郎の手が、帯の端にかかった。

(よし)

一旦摑めば、その手は金輪際《こんりんざい》それを逃さない。帯を摑んでグッと引き寄せ、女の体を腕に捕らえた。充分に水を含んで重さを増した着物に加えて、袂にどれだけの石を仕込んでいるか知らないが、とにかく、助けることしか考えていない。懸命に力をこめる。だが、抱いているのは本当に女の体なのだろうか。金剛力士ではないかと錯覚するのだが。

(………)

一瞬、意識が揺らぎかけたとき、

「しっかりしろ、太一郎。水を飲んではいかん」

父・慶太郎の声が聞こえた気がした。

太一郎の五体に、忽ち渾身の力が漲《みなぎ》る。

「ぐあぁッ」

どうにか、水面上に顔を覗かせ、息を吸った。次いで、金剛力士の如く重い女の体を腕に持ち上げ、堀端にいる者たちの手に託す。伝蔵と、その左右にいた見物人たちが手を差し伸べ、どうにか女の体を引き揚げてくれた。

「もう大丈夫でございますよ、太一郎様」

放心した太一郎の手をとって、伝蔵が引きあげてくれる。その力強さは、彼の知っている父親のものだった。

「女も、無事でございます」

堀端にあがって、げほげほと水を吐いている太一郎の背をさすりながら、伝蔵は言った。大きな、父親のような手で背中をさすられて、太一郎は無意識に安堵していた。

四

「日本橋の材木問屋多田屋《ただや》の女将《おかみ》で、富士《ふじ》と申します」

女は漸く、重い口を開きはじめた。

年の頃は四十がらみ。おそらく香奈枝と同じくらいだろう。顔色が悪いのは、こういうときだから仕方ないのかもしれないが、それさえなければもう少し若く見えるのかもしれない。顔立ち自体は整っていて上品な雰囲気もあるため、大店《おおだな》の女将と聞いても疑う気はしない。

堀から引き揚げたあと、《雉子の湯》で湯に入って体を温め、半次郎の好意で軽い酒肴《しゅこう》をいただいた。人心地ついた女の頬にはうっすら赤みがさしている。

だが、このとき、改めてお富士の顔を見た伝蔵が僅かに顔色を変えたことに、太一郎は気づかなかった。

「材木問屋の女将が、何故身投げなどされた？」

気づかぬまま、太一郎はお富士に問うた。

だがお富士は応えず、再び口を噤んでしまった。なにしろ、名を名乗らせるまでに、既に半刻のときを要している。身の上話をさせるには、あとどれくらい、ときを要するだろう。

「多田屋のご主人は、確か半年ほど前に亡くなられたと聞きましたが――」

燗酒のおかわりと熱く炊いたこんにゃくとごぼうの肴を自ら運んでくれた半次郎が

傍《かたわ》らから意外な助け船を出した。

「ええ」

お富士は顔をあげ、青白い頤《おとがい》を微《かす》かに肯かせる。

「じゃあ、ご主人が亡くなられてからは、女将さんが女手一つで、多田屋を切り盛りしておられるんですかい」

「…………」

半次郎の言葉に反応し、お富士の顔が哀しく歪んだ。見開かれた瞳から、見る見る涙が溢れ出す。

母親くらいの年の女に目の前で泣き出されて太一郎は焦ったが、半次郎はさほど動じない。当たり前だ。男に化けていても、その正体は女なのだ。それも、伊賀者という、かなり特殊な立場の――。

「多田屋はもうおしまいです…あの人が守ってきたお店を、あたしが潰《つぶ》してしまったんです。……死んだって、あの人に合わせる顔がありません」

「潰した？」

「確かに、多田屋さんの商売がうまくいってないようだって噂は聞いていましたが、それでも、多田屋さんは問屋仲間に名を連ねるほどの大店です。多少損をすることがあっても、おいそれと潰れるわけがないと思いますが」

無遠慮に言葉を継ぐ半次郎を、血も涙もない鬼のような奴だと思い、密かな義憤に駆られつつも、太一郎はお富士の答えを心待ちにした。答えを聞かなければ、話が一向に進まないからだ。だが、

「それは、あ、あたしが、馬鹿だから……」

こみあげる嗚咽《おえつ》が、お富士の言葉を途切れさせた。

「一体なにがあったんです、女将さん？」

それでもなお、ゆるがぬ語調で半次郎は問うた。こうなるともう、彼——いや、彼女の心の強さを、太一郎は手放しで尊敬するしかない。

「話してみたら、いかがでしょう？　こちらのお侍様は、いまはわけあってこんな身なりをされておられますが、実は徒目付組頭というお役を拝する立派な御方。お話しして損はないと思いますよ。…或いは、女将さんのお力になれるかもしれませんし」

「え？」

太一郎が驚くのと、

「と、取引先から、突然絶縁を言い渡されました……」

お富士の震え声がほぼ重なった。

「どういうことです？」

太一郎は勢い込んで、自ら訊ねた。

「何代も続く大店であれば、長年つきあっている取引先ばかりの筈。それが突然絶縁など、あり得ない」

膳の上の猪口《ちょこ》や小鉢を震わせるほどの語気で。

「で、ですから、そ、それは、あたしが馬鹿だから……」

お富士の嗚咽は激しさを増す。

「長年の取引先が、突然揃って離れていったとすれば、陰で、そうさせている者がいるんですよ。でなければ、あり得ない話でしょう」

断固たる口調で半次郎が言う。

「女将さんには、お心当たりがあるんじゃありませんか？」

「………」

「大黒屋七兵衛《おぐろやしちべえ》」

半次郎がその名を口にした途端、お富士の嗚咽がピタリとやんだ。

「やはり、そうですね」

「大黒屋？」

「ここ一年くらいで、急に身代を肥やした材木問屋ですよ。……近頃は普請奉行に取り入って、ご公儀の御用を一手に任されてるようですね」

「なに、普請奉行に！」

太一郎は忽ち顔色を変えた。

話題が、自分の身近な問題に近づいてきたからにほかならない。

「大黒屋さんのことは、よく…存じません」

辛うじて、お富士は答えた。

「多田屋さんが所有する問屋の株を買いたい、と言われているのではありませぬか？」

「ど、どうしてそれを？」

お富士は驚いて半次郎を見返した。

「こういう商売でござんすからね。…嘘か本当かは存じませんが、いろんな噂が耳に入ってくるんですよ」

「問屋の株まで失ったら、うちはもう、本当におしまいです。…でも、このままじゃ……」

「大黒屋は、いくらで問屋株を買うと言ってるんです？」

「法外な値をつけてきたんじゃありませんか？」

「…………」

「五百両でどうだ、と……」

「ご、五百両！」

太一郎は思わず目を剝《む》いて声をあげる。

「それだけあれば、使用人たちに、できるだけのことをしてやれるだろうから、って
……三代以上も続いてる立派な大店なら、使用人たちが路頭に迷わぬよう、その先行きを考えてやるべきだろう、と……」

「そこまで言っているなら、最早《もはや》立派な脅しでございますな、来嶋様」

「あ、ああ……」

「女将さん、気をしっかりお持ちなさい。この来嶋様が、大黒屋の不正を暴いてくださいますからね」

「え、え？」

半次郎がすらすらと口にする言葉に驚き、そして本気で太一郎は困惑した。

（そういうのは、それこそ町方の仕事ではないのか）

困惑した挙げ句、一言も口をきかない伝蔵のほうを盗み見た。その途端、

（うわ……）

太一郎はお富士を見る伝蔵の目に忽ち圧倒された。

伝蔵の目は、お富士の顔を一心に見つめている。その尋常でない熱さは、伝蔵のお富士に対する感情を如実に物語っていた。

（一体なんなんだ、まさか、一目惚《ひとめぼ》れか？）

太一郎は不審に思ったが、伝蔵に向かってそれを問うことはさすがに躊躇《ためら》われた。

第四章　忍び寄る影

一

大黒屋七兵衛は、この一年ほどの間に江戸で名を知られるようになった材木問屋だ。

急に名を馳せた者の常で、さまざまに噂されている。曰《いわ》く、上方《かみがた》から流れてきた行商の者である、とか。曰く、元々さるお偉方のご落胤《らくいん》であるらしい、とか。

そんな噂が囁かれても仕方ないほど、大黒屋の威勢は甚《はなは》だしく、その勢いは、他の商家を圧迫し、或いは呑み込みはじめている、という。

今年になって、大黒屋によって廃業に追い込まれたり、吸収されてしまった店は三軒を下らないらしい。

大黒屋が江戸で商いを始めた頃、お富士の亡夫である多田屋惣五郎《そうごろう》は体調をくずして寝込みがちになった。惣五郎とお富士のあいだには子がなく、惣五郎の弟の子を養子にしてはいた。

だが、その養子の長太郎《ちょうたろう》が、問題だった。

ひどい放蕩《ほうとう》息子で、十五になるかならぬかという年頃で吉原通いの味を覚えてしまい、ほうぼうで借金を作っていた。惣五郎は最期まで長太郎の行く末を案じていたが、借金を返してやってもその素行は結局改まらなかった。

仕方なく、惣五郎の死後、店はお富士が切り盛りするようになった。

大黒屋という商売敵《がたき》が現れなければ、お富士の細腕でも、充分にやって行けたかもしれない。多田屋の身代はそれほど磐石《ばんじゃく》なものだった。

ところが、大黒屋が現れてからというもの、状況は一変した。大黒屋の商売が繁盛すればするほど、逆に多田屋は傾きはじめた。

長年の取引先が、理由もなしに次々と離れはじめ、気がつくと、お上《かみ》の御用も全くまわってこなくなってしまった。

お富士は懸命にお得意先をまわり、取引を再開してくれるよう頼んだが、誰も彼も、けんもほろろな態度をとる。

小遣いを貰えなくなった長太郎が、遊ぶ金欲しさに誰彼かまわず借金を申し入れ、断られている、という話は聞いていたから、そのせいで嫌われてしまったのかとも思ったが、中には親戚同然のつきあいをしてきた相手もいる。そういう相手なら、長太郎が多少無理な頼みをしても、赦《ゆる》してくれそうな気もするが、そうはいかなかった。

大黒屋の主人が、

「問屋株を売ってくれ」

と言ってくるまでは、大黒屋七兵衛が多田屋の凋落《ちょうらく》に直接かかわっているなどとは夢にも思わなかった。

「多田屋さんの持ち株すべて譲ってくれるなら、五百両出しましょう」

七兵衛の申し出に、お富士の心は激しく揺らいだ。このままでは、使用人たちへの給金すら払えなくなってしまう。そうなる前に、せめて、長年仕えてくれた使用人たちには報いるべきではないだろうか。

だが、株を根こそぎ売ってしまったら、荷主と取引することができなくなる。事実上の廃業だ。亡夫や亡夫の父、祖父たちが守ってきた家を潰してしまう。

そう思うと、最早《もはや》生きる甲斐はなく、一刻も早く、亡夫のもとへ行こうと思った。お店を潰したお富士のことを、惣五郎は歓んで迎えてはくれないかもしれないが、最早どうともなれ、とお富士は思った。

死んでしまえば、それでおしまいだ。すべての悩みや苦しみから解放されるのだ。

だが、死ねなかった。

死ねなかった以上、苦しみは続く。

「どうして助けたんですか」

口にこそ出さぬが、お富士の目は太一郎を無言で責めていた。

「とにかく、もうしばらく辛抱してください、女将さん。そうすれば、この来嶋の旦那がなんとかしてくださいますからね」

半次郎に言い聞かされて、お富士も多少落ち着いたのだろう。お富士を宥《なだ》めるための方便なのだと割り切り、太一郎は黙って聞いていた。

「お借りした着物は、あとで家の者に持たせますので」

それで納得したのかどうか、迎えに来た家人に連れられ、お富士は帰って行った。

「あの日堀井玄次郎が会おうとしていた相手は、おそらく大黒屋七兵衛です」

半次郎が太一郎に告げたのは、勿論お富士が帰って行ってからのことである。

「なに！」

太一郎はさすがに我に返った。

「それはまことか？」

「大黒屋は、その少し前に、堀井の上役である勘定吟味役・小野山掃部と会っております。それは間違いありません」

「小野山と……」

「御庭番の出海十平次殿が、小野山の内偵を行《おこな》っていたことは、来嶋様もご存知でしょう？」

「………」

太一郎は返事を躊躇《ためら》った。

さまざまな主人に仕えるという伊賀者の嶌と、公儀御庭番の出海十平次とのあいだに、どの程度の繋がりがあるのかわからぬ以上、迂闊《うかつ》なことは言えない。

さんざ世話になっていながらなんだが、太一郎は未だ、嶌という伊賀者を信用していなかった。

「来嶋様」

それまで――、お富士がいるあいだも遂に一言も発することなかった《合羽《かっぱ》》の伝蔵が、そのとき不意に、太一郎に向かって言った。

「お願いでございます」

そして一旦口を開くと、恰《あたか》も堰《せき》を切ったかのように、溜めていた言葉を迸《ほとばし》らせる。

「どうか、多田屋を……いえ、女将さんを助けてやっていただけませんか。後生《ごしょう》でございます、来嶋様」

「え？」

「お願いいたします」

「伝蔵殿」

それで太一郎も、それまで聞きたくて聞けなかったことを漸《ようや》く伝蔵に訊ねる気になった。

「伝蔵殿は、多田屋の女将《おかみ》をご存知であられたか？」

「………」

「私は、いまは黎二郎に代わって伝蔵殿の用心棒を務める身。伝蔵殿のそばを離れるわけにはいきませぬ」

「わ、わたしのことなど、どうでもよいのです。それよりも、お富士のことを……」

「お富士さんは、伝蔵殿にとってどういうお方なのです？」

苦渋に満ちた伝蔵の表情を見れば、如何に朴念仁《ぼくねんじん》の太一郎といえども、二人の過去を想像することはさほど難しくはない。それでも敢えて執拗に問うたのは、伝蔵の気持ちの深さを確かめたかったからかもしれない。だが、

「お富士はわたしの、初恋の相手ですよ」

「え……」

伝蔵が口にした言葉の意外さに、太一郎は戸惑った。

当然、なにかしらの関係があったであろうことは想像できた。昔の女、という言葉を予想していた。それがまさか、「初恋」の女とは。

「わたしの家は貧乏人の子沢山《だくさん》でしてね。七つか八つ…十にはなってなかったと思います。とにかく、てめえの名前が書けるくらいの年頃になると、さっさと奉公に出されたんですよ。……わたしが奉公に出されたのは、一つ先の町にある薬種問屋でした。同じ町内だと、家に逃げて帰ってしまうもんでね」

一度話しはじめると伝蔵はすっかり饒舌《じょうぜつ》になった。

「その奉公先の娘が、お富士だったたんです」

「そう…ですか」

「お富士の実家には、二〜三年世話になりましたかね。…お富士は覚えちゃいないでしょうが、桃割れにびらびら簪《かんざし》をした可愛らしいお嬢さんが、腹を減らした丁稚《でっち》小僧にお菓子をわけてくれたことは忘れられませんや。…本当に、可愛いお嬢さんだったんですよ」

遠い目をして伝蔵は語り、太一郎は黙ってそれを聞いていた。

そんな思いを経験している伝蔵のことが、少しばかり羨ましくもある。

だが、同時に意外にも思った。それほど幼い子供の頃の思いを、いまでも大切に懐《いだ》いていられるとは、太一郎には到底信じがたかった。

「しかし、助けると言っても、一体なにをすればよいのか……」

「簡単なことですよ」

事も無げに、半次郎が言った。

「大黒屋の不正の証拠を摑んで、悪事を曝《あば》いてやればいいんです。大黒屋は江戸で商売できなくなるか、最悪の場合はお縄になります」

「そんなに上手《うま》くいくものか」

という身も蓋《ふた》もない言葉を、だが太一郎は辛うじて間際《まぎわ》で呑み込んだ。

伝蔵の気持ちを思えば、到底言えるものではなかった。

「あの日堀井玄次郎が会おうとしていた相手は、おそらく大黒屋七兵衛です」

という半次郎こと嶌の言葉が気にかかり、伝蔵を家まで送り届けてから、太一郎は再度《雉子の湯》を訪れた。伝蔵の初恋話に割り込まれ、肝心の話が途切れてしまった。ある程度調べがついているのなら、その内容を聞かせてもらいたい。

だが、生憎《あいにく》半次郎は出かけてしまい、何時《いつ》戻るかわからないと言う。

嶌の本業は主人――現在は京極備前守だが――の命《めい》に従うことで、湯屋はあくまで副業だ。この隠れ家のことを、おそらく嶌は備前守にも隠しているだろう。知られてしまっては、隠れ家の意味がなくなる。

（そんな大切な隠れ家に、俺を匿《かくま》ってくれたんだな）

太一郎は改めて思い、思うと忽《たちま》ち、そこまで手放しの好意を示してくれた嶌に対して、信用できないなどと感じたことが、申し訳なくなった。

（それに、以前贋作《がんさく》一味の探索の折に俺を助けてくれたのは、備前守様の命《めい》によるものだったが、今回は違う）

勘定吟味役は、厳密にいえば若年寄ではなく老中の配下だ。若年寄がその不正を糺すとなれば、老中とのあいだに軋轢《あつれき》を生じかねない。もし仮に、徒目付の太一郎が内偵の結果なんらかの成果を上げたとしても、備前守は表立ってそれを糾弾せず、巧く処理するだろう。

商人から多少の賄賂《まいない》をもらっているくらいのことで大騒ぎしても仕方ない、というのが目付らの考えだ。大抵の場合、金品を貰って口を噤《つぐ》む。

（出海殿は、「この件には深入りするな」と言われた。……だが、嶌殿は、大黒屋の不正を暴け、と煽《あお》るようなことを言う。俺の役目はあくまで、勘定吟味役与力の不正を探ることだぞ。大黒屋という商人を調べるのは、それこそ町方の役目だ。俺が手を出せば妙なことになる。…それを承知で、嶌殿が俺を巻き込もうとする理由はなんだ？）

雉子の湯から、伝蔵の家へと戻る道々、太一郎は思案した。

無意識に懐手になるのは、仕方のないことなのだろう。この風体で、この暮らしをするようになってからというもの、太一郎の気持ちは急速に黎二郎に近づきつつある。

（確かに、城勤めの気苦労もなく、毎日こんな風に過ごせたら、幸せだろうなぁ）

と至福を感じるとき、太一郎は妻子の存在さえも忘れていられた。

（どれだけ口喧《やかま》しく叱ったとて、聞くわけがない。……俺もいっそ、次男坊に生まれればよかったなぁ）

釣りに出かけたのは午《うま》の刻前だが、身投げ騒ぎで半日が潰れたため、既に日没を迎えている。

山谷堀から、幡随院裏の伝蔵の家まではせいぜい四半刻だ。

太一郎はふと足を止めた。

尾行《つ》けられていることは少し前から薄々察していた。

尾行けられる理由も、尾行けている相手も、ある程度は予想できる。

一旦足を止めて背後の気配をさぐり、その人数を察してから、太一郎は再び歩を進めだした。《雉子の湯》に匿われていたときから、何度かこのあたりを散歩したため、そこそこ土地勘はある。

同じ足どりで、太一郎は歩を進めた。

身投げ騒ぎのあと、風呂あがりに《雉子の湯》で飲んだ熱燗二合ほどの酔いは、既に醒めている。足どりにも頭の働きにも、淀《よど》みはない。

それ故、尾行者三人を誘い込んだ。少しは地の利のありそうな場所へ——。

路地を一本入ったところは最早人の歩けぬ畦道《あぜみち》である。

「…………」

太一郎は鯉口《こいぐち》をくつろげた。

そこへ、既に抜刀した三人が、大上段に構えて突っ込んでくる。

灯りのない暗がりの中でも、彼らの顔は見極められた。先日、《合羽》一家の子分たちを不意打ちでいたぶっていた連中にほかならない。

（こういう手合いは、目一杯懲らしめておくのがよいだろう）

と太一郎は思った。

それ故、抜刀しざま、刃を返して棟打ちながらも、渾身の力をこめた。できれば、暫《しばら》く起き上がれなくなればよい。

がごぉッ、
太一郎の大刀は、その男の肋《あばら》を、おそらく数本へし折ったろう。

「…………」

男は苦痛の声を漏らすこともできず、力なくその場に頽れた。

他の二人は忽ち足を止め、戦《おのの》く瞳で太一郎を見る。

「私に、何の用だ？」

その目を見据えつつ、太一郎は二人に向かって歩を進めた。間合いに入れば、互いの顔がもっとはっきり判別できる。

「どうした？ 痛い思いをしたくて、私を尾行けてきたのだろう？」

「…………」

二人は返事をしなかった。見覚えのある二人だが、挨拶の一言もない以上、こちらも挨拶する必要はないだろう。

「ならば、存分に、痛い思いをするがよいッ」

言いざま、太一郎がもう一歩大きく踏み出すのと、二人が踵《きびす》を返して逃げ出すのとが、殆《ほとん》ど同じ瞬間のことだった。

「おいッ」

太一郎の呼びかけにはもとより応じず、二人は一目散に駆けて行く。

それをぼんやり見送ってしまってから、

(追いかけて、あくまで痛めつけるべきだったか)

太一郎は少しく後悔した。

相手は、黒熊一家の用心棒だ。隙を見せれば、際限もなく自分に害を為してくるような手合いである。太一郎も、いまは《合羽》の親分の用心棒である以上、しばらくは足腰がたたぬくらい叩きのめしておくべきだった。

「おい」

足下に転がる男に向かって、太一郎は呼びかけた。

「お前の仲間は、お前がやられた途端にさっさと逃げたぞ」

「え……」

地をのたうって悶絶しながらも、その三十がらみの浪人者は、全身で恐怖と痛みを訴えていた。抵抗する気力を失った相手を更に痛めつけられるほどには、太一郎も冷酷に徹しきれない。

それ故、手にした刀を相手の喉元に突きつけつつ、

「人の命を狙ってきた以上、己の命をもって贖《あがな》うのは当然であろう」

精一杯の脅しをかけた。

「ひぇッ」

短い悲鳴を発すると同時、男は死力をふりしぼって立ち上がり、そして逃げようとした。

懸命に逃げようとして、数歩歩き出したところで、だがそれ以上は進むことができなかった。

「うわぁ」

進行方向から、悠々とやって来た者によって、易々と畦の中まで弾き飛ばされてしまったのだ。

「いけませんな、太一郎殿」

視界の先から、満面の笑みで現れたのは、公儀御庭番・出海十平次であった。頭上の月もあきれるほどの丸顔だ。

なにか役目の途中なのか、太一郎と同様、無紋の着流しに乱れた髷《まげ》の浪人風体であ

る。

「深入りなさいませんように、と申しあげた筈ですぞ」

「出海殿……」

だが、気を取り直して太一郎は応じる。

「こやつらは、《黒熊》の某《なにがし》とやら申す博徒の用心棒で、あの一件とはなんらかかわりなき者でござる」

「それが、満更かかわりがないわけでもないのでござるよ」

「え？」

十平次の言葉に、太一郎は手放しで驚く。

「どういうことです？」

「話はちと複雑でしてな。…まあ、立ち話もなんなので、どこかそのへんで一杯やりながらでも……」

「…………」

十平次の誘いを内心意外に思いながらも、太一郎は順《したが》うことにした。内心では、

（いやだな）

と思っている。顔見知りていどの相手と酒を汲むのは気が重い。それでもとにかく

十平次の話を聞かねばならない。聞かねばならないが、本音を言えば、あまり聞きたくはなかった。

二

「…………」

話し声は微《かす》かに洩れてくるが、なにを話しているのか、その言葉は殆ど聞き取れない。

（一体なに話してやがんだよ）

黎二郎は更に耳を寄せるが、屋敷から漏れる話し声を確認できただけで、その会話の内容まではどうしても聞き取れなかった。

中に、少なくとも二人以上の男がいて、何事か話しているのは間違いない。

（くそッ）

黎二郎は焦った。

いっそのこと、中まで踏み込む、という手もあるが、屋敷の中に何人いるかわからぬ以上、危険であった。できればここは様子をさぐるだけにとどめておきたい。

あれから黎二郎は、吉原の中、或いはその近辺で、同じ男の姿を何度か見かけた。山吹屋の店先で言いがかりをつけ、暴れていた与太者風の男である。他の見世でも似たような所業におよんでいることもわかった。気になってあとを尾行けたが、相手は黎二郎の尾行に気づくのか、その都度《つど》途中でまかれてしまった。

一度はこの屋敷の近くで見失ったことから、ここ数日張り込んでいたところ、例の男がやって来た。それも、二人連れで。

吉原の近辺ではあれほど敏感に尾行者に気づき、まいていた男が、幽霊屋敷の周辺ではまるきり隙だらけだった。或いは、もう一人の男と一緒にいることで安心しきっているのか。

ともあれ二人は、さほど周囲に気を配ることもなく、幽霊屋敷と呼ばれる旧菊池邸へと入って行った。

二人が入ったのと同じ表の脇門から、黎二郎も邸内に入った。

順三郎らと違って、黎二郎はある程度夜目がきく。

弟とその朋友が闇雲に恐れて進むことができなくなった荒れ屋敷だが、黎二郎は労せず踏み入った。

（桃の節句の怪談とは無関係だとしても、幽霊屋敷の噂は強ち《あながち》的外れでもねえだろう

よ)

思いつつ、黎二郎は二人が入っていった建物に、注意深く近づいた。

邸内に、他にも人が潜《ひそ》んでいないとは限らない。いや、寧《むし》ろ、他にも誰かがいると思うほうが自然である。吉原で故意に暴れていた与太者とその連れが、用もないのにたまたま通りかかった幽霊屋敷に入っていくわけがない。

蓋《けだ》し、なにか目的があって、いつも入り込んでいるのだろう。僅かの迷いもなく、通い慣れたところを歩く感じで荒れた庭を横切り、主人の居間と思われるあたりへ、縁先からズカズカと入って行った。

黎二郎もそれに続いた。

但《ただ》し、破れ障子を開けて中に入ることはできないので、なんとか中の話し声が聞けぬものかと、屋敷の周辺をさぐってみた。

外壁の割れ目、書院の花頭窓《かとうまど》の外など、盗み聞きをするにはもってこいの位置だが、そういうところに立って耳を澄ましてみても、物音一つ漏れてはこない。

(一体何処で話をしてやがるんだ)

菊池家は三千石の大旗本だったというから、来嶋家の屋敷とは比べものにならない広さであるが、武家屋敷の構造自体に、たいした違いはない筈だ。

玄関から入れば、向かって右か左のどちらかに六畳から八畳くらいの武者溜《むしゃだま》まり――外から来た使者が待つための部屋がある。そのまま奥へ進めば主人の居室、書院があり、家族が揃って食事をとるための――或いは客をもてなすための、やや広めの座敷がある。

大勢の人間が集うためには、十二畳以上の座敷が望ましいだろう。だが、そんな座敷は大抵屋敷の奥にあり、外壁には面していない。

（やっぱり中に踏み込むしかねえかな）

室内に踏み入ったとしても、どの部屋にも人がいるとは限らない。家の周りを注意深くさぐり、耳を欹《そばだ》て気配を窺ったが、何所《どこ》からも人の存在を感じることはできなかった。

ということは、中に人がいるとしても、外からは気配を感じることのできぬところに集まっているのに違いない。

（誰もいないってこともあるしな）

結局黎二郎は、縁先から上がり込み、障子の桟に手をかけた。その途端、

ギュッ、

床と桟の両方が軋《きし》む。

畳は、当然ながら腐り果てていて、雨の翌日の地面の如く、ずぶずぶしている。黎二郎は、そのずぶずぶの畳の上を滑るように歩いて部屋を横切った。

襖を開けて、廊下へ出る。

ギュシッ、

廊下の床も、もとより同様だ。

何処を踏んでも触っても冷たく軋む家の中を、辟易《へきえき》しながら黎二郎は進む。

(黴臭《かびくせ》ぇ……こんな黴臭ぇところに、人がいられるわけがねえ)

噎《む》せて咳《せ》き込みそうになるのを、必死に堪《こら》える。

(い、息ができねえ、死ぬ……)

黎二郎の足は自然に止まった。

「いや、まだまだ……」

止まったとき、その奥から、低い人声が聞こえてきた。

「あんなもんじゃ、全然足らねえよ」

別の男の低声《こごえ》がすぐあとに続く。

黎二郎は無意識に声のするほうへと歩を進め、その部屋の前に立った。襖の隙間から、淡く灯りが漏れている。

「で、でも、これ以上はヤバいんですよ。面《つら》も覚えられちまったし……」

「いいから、もっと派手に暴れろよ。なんなら、遊女の一人や二人、ぶっ殺したって
いいんだぜ」

「でも、そんなことしたら……金輪際吉原に入れなくなりますよ」

「いいんだよ、入れなくなっても」

「……………」

「吉原なんざ、どうせもうすぐなくなるんだ」

（なんだと！）

黎二郎は全身を耳にしてその密かな会話に聞き入った。

「どういうことです、兄貴？……吉原がなくなるって？」

黎二郎が最も発したい言葉を、そのときその男が口にしてくれる。

「慌てるな、三次《さんじ》。いまの吉原が、ってことだよ」

「いまの吉原が？」

「いまの吉原が、たとえば、火事で全部燃えちまったとしたら、新しく建て直すしか
ねえだろう」

「か、火事ですか？」

「建て直す場所が、いまと同じかどうかはわかんねえけどな。……昔の吉原だって、大火事のあと、いまの場所に移る前は、日本橋のほうにあったっていうからな」

「そ、そうなんですか」

「ああ、次はどこになるんだろうなぁ」

(こ、こいつら、一体何の話をしてやがる)

黎二郎の全身に怒りの焔《ほのお》が点《とも》りはじめたときである。

「おい、てめえ、そこでなにしてやがるッ」

突然背後から怒声を浴びせられた。

(しまった！)

黎二郎は、反射的に大刀の柄《つか》に手をかける。中の話に集中するあまり、周囲に対する注意を怠った。

(糞ッ、もうちょっと聞きたかったのに……)

最早これまでと思い、黎二郎は目の前の襖を蹴倒した。

「あッ」

中にいた二人の男が、黎二郎を見て同時に驚きの声をあげる。

「なんだ、てめえは！」

「おいらを番所につき出しやがった、さんぴんですぜ」

黎二郎が尾行けていた男——おそらく三次と呼ばれていた男だろう——が、すかさず兄貴分に耳打ちする。

「なんだとっ！」

と目を剝いた兄貴分の顔には、黎二郎は些かの見覚えがあった。

灯りの点る部屋の中には、黎二郎が尾行けてきた男とその連れの男の二人きりだった。だが、三十年放置されている廃屋の中にあって、その部屋の畳は何故か真新しく、行灯《あんどん》も、その他の調度類も、決して古びたものではない。つまり、この家に、在住する者がいる証拠である。

(なんなんだ、この屋敷は。こいつら一体、ここでなに企んでやがるんだ)

疑問に思いつつも、

「おい、てめえ、どっかで見た顔だと思ったら、黒熊の源吉の子分だな」

黎二郎に指摘されると、二人は、慌てて腰を上げ、隣室へと逃げ出そうとする。

「おい、待てよ！」

黎二郎は思わず怒鳴ったが、二人を追いかけることはできなかった。

「おーいッ、みんな来てくれーッ、あやしい奴がいるぞぉ〜ッ」

黎二郎を見咎めた男が大声をあげて仲間を呼んだのだ。
ギュシュシュシュ……
激しく床を軋ませながら、忽ち大勢が走り来る。
ツツッ……
背後に迫る敵に、無論黎二郎はすぐさま対応した。
ぎゅんッ、
咄嗟《とっさ》に抜きはなった大刀の鍔元《つばもと》で受け止めざま、黎二郎は身を翻《ひるがえ》した。
(うわッ)
翻して、そこに敵の姿を見出した途端、黎二郎は辟易した。
闇に閃く白刃の数は……ざっと、十数本。
(逃げるしかねえな)
瞬時に決意し、黎二郎は踏み出した。
踏み出しざま、手の中の白刃を、上から下へ、無造作に振り下ろす——。
ずッ……
男の頭蓋に、切っ尖が到達した。
「ぎゃひッ」

強く頭を叩かれた男は、当然断末魔の叫びをあげる。

「くそッ」

一人を葬ってから、黎二郎は直ちに踵《きびす》を返した。

逃げると見せかけ、逆に大勢が待ち構えるところへ向かう——。その意外さに、刀を構えた男たちは、一様に狼狽《うろた》えた。狼狽えた男たちのあいだを、黎二郎は悠然と突破する。

「あッ」

男たちはすぐに気を取り直して追ってくるが、黎二郎の逃げ足は速かった。

（とりあえず、どっかに隠れよう——）

迷路のような屋敷の中を走り抜け、厨口から表へ出ると、すぐ土蔵がある。黎二郎はその土蔵の陰に身を潜めた。

「どこだ？　どこへ逃げやがった？」

「こっちにはいねえぞ」

男たちの怒声は一旦遠ざかる。完全に、黎二郎の姿を見失ったようだった。

「外に出ちまったのかもしれねぇッ」

「逃がすなッ」

（すぐ外へ出ると見つかっちまうかもしれねえ。少しのあいだ隠れてて、奴らが戻ってきたら、塀の破れ目から外へ出よう）

刀を鞘へ戻した黎二郎は、ふと、土蔵の明かり取りから、淡く灯りが漏れていることに気づいた。

（誰かいるのか？）

長身の黎二郎なら、少し背伸びをすれば中を覗くことができる。好奇心にかられて覗いてみた途端、

（え？）

黎二郎は目を疑った。

（なんだ、こりゃあ？）

中には商家の番頭らしき男がいて、一心不乱に、積まれた荷の数を数えている。一つ一つ、木箱の中味を確かめ、手にした帳面に記してゆく。黎二郎が驚いたのは、その箱の中身だ。

（ありゃあ、ご禁制の高麗人参じゃねえのかっ？）

更に目をひくのは、人参の荷箱と同じほど積まれた千両箱である。

（あの中身が全部小判だとすりゃあ、すげえ金額だぜ）

千両箱の中身は、必ずしも小判とは限らない。一分金の塊のこともあるし、二分金用の千両箱もある。だが、だとしても、千両が収納されているのは間違いないだろう。

（それにあの家紋は一体なんなんだ？）

箱の上蓋一つ一つに、葵《あおい》の紋が入っている。

（ありゃ、将軍様の御紋じゃねえのかっ？）

無意識に首を捻ったのは、それが、将軍様の三つ葉葵とは微妙に違っているように思えたからだった。

（千両箱と、ご禁制の人参……）

黎二郎は、しばしぼんやりと土蔵の中を眺めていた。

三

「大黒屋は、抜け荷買いをしている」

十平次の言葉に内心驚きはしたが、さあらぬていで、太一郎は聞いていた。

公儀御庭番が裏で動いているのだ。それくらいは想定内である。だが、

「それだけではない」

十平次の話はそれで終わりはしなかった。

「大黒屋七兵衛という男は、元々歴とした武士なのだ」

「え？」

「それも、尾州《びしゅう》様の御家中であった」

「尾州様の？」

太一郎の驚きは頂点に達する。

思わず身動《みじろ》ぎした途端、後ろの席の町人の肩に触れてしまい、彼の手の中の猪口《ちょこ》から酒が溢れる。

「すまぬ」

太一郎は小声で詫びつつ、頭を下げる。相手が、浪人者とはいえ二本差しであると見て、その三十がらみの職人風の男は愛想笑いでそれに応じた。

（尾州様……）

尾州様とは即ち、御三家の一つ、尾張徳川《おわりとくがわ》家のことに相違ない。

それほどの大家に仕えていた武士が、主家を去って商人になるには、果たして如何なる仔細があってのことなのだろう。

（なにか粗相があって改易《かいえき》になったとすれば、家財は没収される筈。果たして、商売

などできるものだろうか）

太一郎の思案にはあまるが、懸命に考えた。尾張家と雖《いえど》も、将軍家でない以上、そこに仕える家臣は即ち陪臣《ばいしん》だ。陪臣である以上、直参《じきさん》にはわからないなにかがあるのかもしれない。

「大黒屋七兵衛は、罪を得て主家を去ったわけではござらぬよ」

太一郎が無意識に注いだ酒をひと口含んでから、顔色を変えずに十平次は言った。

「では、何故？」

「尾州様とのあいだに、なにがしかの密約があったのでござろう」

「密約とは？」

「目的を果たした暁には、帰参させるということではないかと」

「その目的とは？」

十平次の言葉に、太一郎は無意識に身を乗り出す。

酔客たちの笑い声に時折怒声すら混じる居酒屋の喧騒の中で、浪人風体の男が二人、そんな話をしていようとは、誰も、夢にも思うまい。

「大黒屋の目的とは、一体なんなのです？」

「おそらく、商売で得た利益を、主家に献上するために。それも、桁外《けたはず》れの利益を

「つまり、大黒屋は、尾州様の命《めい》により、抜け荷買いをしているということですか。……」

「……しかし、何故そんなことを？」

「尾張家は代々派手好きなお家柄故、何事も、金がかかるのであろうよ」

「まさか。かつて有徳院《ゆうとくいん》さまに逆らった宗春《むねはる》公が隠居謹慎を命じられ、その後を継がれた養子の宗勝《むねかつ》公、御当代・宗睦《むねちか》公は、幕府の方針に従い、諸事倹約に努《つと》めておられる筈――」

「というのは、表向きのこと。そう簡単に、お家の体質は変わらぬよ。但し、幕府に逆らうつもりは毛頭あるまいが」

「そう…なのですか」

「ともあれ、大黒屋七兵衛は、尾州様の内意を請けて江戸で材木問屋を営み、その裏では抜け荷買いもしている」

「…………」

十平次が断言すると、太一郎は言葉を失うしかなかった。

とにかく、話が大きすぎる。一介の徒目付ごときがかかわるべき問題ではない。

「出海殿」

自らを落ち着かせる目的で、太一郎は呼びかけてみた。

「それは、まことでござるか？」

「貴殿に対して戯《ざ》れ言《ごと》を言う必要があるとお思いか？」

だが、逆に厳しく問い返されて、太一郎は絶句するしかなかった。しばし無言で十平次を見返したあとで、

「いいえ」

観念したように太一郎は答えた。

何を言えばよいのかをしばし思案したあとで、

「それがしは、一介の徒目付でございます」

訴えるような、懇願するような語調で言った。

「そのような、大それたお話には……」

「だが、その大それた話に、貴殿は既にかかわっているのでござるよ」

ほぼ間髪《かんはつ》を容《い》れずに言い返されて、太一郎は再び言葉を失う。

「それ故、深入りなさらぬように、ご忠告申し上げたはずですぞ」

「…………」

「そもそも、勘定吟味方の内偵など、下役の者に任せておけばよかったのです」

「し、しかし……」

「もとより、徒目付の組士の方々は、誰もまともに応じぬでしょう。勘定吟味役の不正など、いまにはじまったことではありませぬからなぁ。……雀の涙ほどの袖の下をもらって多少の便宜をはかってやったからといって、それを不正と決めつけられ、罰せられたのでは、勘定吟味役など、やっておれませんよ」

「そ、それはそうかもしれませぬが……」

「よいから、お聞きなさい、太一郎殿」

また、強い語調で言い聞かされ、太一郎は黙るしかなかった。

「なにを置いても、来嶋の家を守るのが、貴方様のお役目ではないのですか？」

「………」

「亡きお父上から託され、お母上がこれまで必死で守ってこられたものを、容易《たやす》くなくしてしまってもよいと思っておられるのか？」

厳しい語調で問い詰められ、太一郎にはいよいよ返す言葉がない。

「あなたは、来嶋家のご当主なのですぞ」

常々香奈枝が口にするお馴染みの言葉が、これでもかとばかり、太一郎の脳裡に去来していた。

（では、では……俺は一体どうすればよかったというのだ）

太一郎は思わず自問した。

「はじめから堀井のあとなど追わず、知らん顔をしていればよかったのですよ」

その問いに、十平次が答えた。身も蓋もない答であった。

「貴方は馬鹿正直すぎる」

「……」

「いや、これは褒めているのでござるよ」

十平次は、さすがに言い過ぎたと思ったか、ふと表情を弛《ゆる》め、

「それでこそ、来嶋慶太郎殿の御子息であられる」

苦笑混じりながらも、慈父のように優しい口調で言った。

「それに、貴方のように馬鹿正直なお方がおるから、世の中、まだまだ捨てたものではないのかもしれませぬ」

言いながら、十平次は太一郎の手から徳利を取り返し、空の猪口に注いでくれた。

注がれた酒を、太一郎は無言のまま呷《あお》った。

十平次が口にする、耳に優しい慰めの言葉は、既に彼の心には届いていない。

（俺は結局、馬鹿正直だけが取り柄の、無能な人間か）

どうしようもない思いを消し去りたくて、注がれるままに酒を呷り続けた。

音もなく花びらが落ちるさまを、太一郎はぼんやり見つめていた。

夜桜は音もなく散り、また音もなく蕾《つぼみ》を開く。来嶋家の庭には立派な紅梅が植わっていて、毎年見事な花を咲かせるが、母の香奈枝は、あまりその花を見ようとしない。

蓋《けだ》し、亡き父との思い出故なのだろうと想像してきた。

かつて、最愛のひとともに愛でた花を、一人で見るのがつらいということくらい、太一郎にも想像はできる。

香奈枝は、紅梅の咲く季節、昼間は極力庭に出ようとしないくせに、夜間密かに縁側に立つことがある。厠《かわや》の帰り、太一郎は屢々《しばしば》その姿を目撃した。

月も星もない闇夜の晩でも、梅の花の甘酸っぱい香りを嗅ぐことはできる。その香を嗅げば、花が満開であることを容易く知ることができる。そして、夜の闇の中でなら、万が一涙を溢れさせてしまったとしても、それを見られるおそれはない。

気丈な母なるが故のそんな気遣いに、太一郎は密かに感動してしまう。

(母上、あなたは何処までお強いのですか)

そんな思いで、自宅の門外から、太一郎はじっと屋敷の中を見つめていた。邸内の紅梅は、さすがにもう終わっているだろう。

街路樹の桜が、そろそろ花をつける季節である。

そのとき太一郎の頭上に降ってきた花びらは、果たしてなんの花だったのだろう。

「兄貴」

ふと耳許で囁かれ、腰が抜けそうになるほど、太一郎は驚いた。だが、さあらぬていで、

「なんだ？」

太一郎は黎二郎を顧みた。

「兄貴こそ、なんだよ、こんなところに突っ立って。てめえの家なんだから、遠慮しねえで、中に入ったらいいだろうが」

「いや、入らぬ」

「なんでだよ？」

「まだ、帰れぬ」

太一郎は断固として首を振る。まだ何一つ、問題が解決していない。

「兄貴」

「なあ、黎二郎」

「ん？」

「お前、もし長男に生まれついていたら……」

「え？」

「いや、なんでもない」

「おい、兄貴――」

「それより、お前はなにをしている、黎二郎？」

「え、なにって……」

「俺が留守のあいだ、家にいろ、と言ったのに、こんな時刻まで帰宅せず、一体なにをしているのだ。また、吉原か？」

「そう言うなって。吉原も、いま大変なことになってるんだからよう」

「貴様、矢張り吉原か！」

黎二郎の言葉に、太一郎は忽ち目を剝く。

「ま、待て、兄貴。違うってば！」

「なにが違うというのだ？」

「だから、俺だって、別に遊んでるわけじゃねえんだよ」

「遊んでいるんだろう、吉原の女と――」

「その吉原が、いま大変なことになってんだよ。……どっかの馬鹿野郎が、よりによって、吉原に火ィつけて、灰にしようとしてるんだぜ」

「なに？」

太一郎はさすがに息を呑んだ。と同時に、改めて黎二郎を見た。黎二郎の体からは、うっすらと血の匂いがしている。

「お前、怪我をしているのか？」

「かすり傷だよ」

「なにがあった？」

闇に目を凝らしてよく見れば、青地錦の着物の肩口も裾《すそ》も埃《ほこり》を被《かぶ》ったように薄汚れ、左の袂《たもと》は大きく破れている。洒落者《しゃれもの》で腕もたつ彼がそんな姿になることがあるとすれば、理由は唯一つ。複数の——それも、相当腕のたつ敵と斬り合う羽目に陥ったからにほかなるまい。

「………」

「黎二郎？」

気まずげに口を閉ざした黎二郎の顔を覗き込んだ太一郎は、次の瞬間慄然とした。

「お前たち、こんな時刻に、そんなところでなにをしているのです？」

すぐ後ろから、香奈枝の声がした。鋭い言葉が放たれる寸前、太一郎はその気配を察していたが、それでも、驚いた。黎二郎も同様に驚いた。

「綾乃殿が、表であやしげな男の話し声がすると怯えるので見に来てみれば、まさかお前たちとは……」

「母上、私は――」

「お、おふくろ様……」

「いいから、早く家に入りなさい」

「いえ、私は……」

「お前は早くお帰りなさい、太一郎」

言いかける太一郎の言葉の意味を瞬時に察して、香奈枝は言った。

「お前の、帰るべきところへ」

「はい」

太一郎は素直に頭を下げた。矢張《やは》りこの母は、世の常の母とは違う。そのことに、心から感謝しながら。

四

大黒屋七兵衛が江戸で商いをはじめたのはこの一年くらいのことだと言われている。元々は、材木問屋ではなく、上方からの積み荷の上げ下ろしを仕切る人足の頭《かしら》として江戸で商売をはじめたらしい。

(確かに、あれは武士の顔だな)

遠目に七兵衛の顔を見て、太一郎はしみじみと思った。

濃紺の大島に髷は小銀杏《こいちょう》。町人風体をしていても、その隙のない身ごなしは武術の心得をもつ武士のものに相違ない。

大黒屋の正体はわかったし、抜け荷買いをしているなら、それを曝けば、多田屋のお富士を救うことはできるだろう。だが、十平次の言うとおり、七兵衛の背後に尾張家がついているなら、これ以上はかかわらないのが無難である。お富士には気の毒だが、多田屋はこのまま つぶれるしかない。

「堀井玄次郎を殺したのは、おそらく尾張家の者でしょう」

と十平次は言った。

「貴方様が堀井の身辺を探るうち、大黒屋の不正を曝かれるのが面倒で、堀井ともども、貴方様を、堀井殺しの下手人として葬ろうとしたのでしょう」

「では、あのとき、堀井玄次郎の知人を装って現れた者たちは、やはり……」

「間違いなく、堀井殺しの下手人《げしゅにん》どもでござろう」

(やはりあれは、尾張柳生の者たちだったか)

十平次の言葉に納得するとともに、太一郎は容易く絶望した。それでは、堀井殺しの下手人を捕らえ、自らの身の潔白を証明することが、永遠に適《かな》わぬではないか。

するど、太一郎の不安な心中を察したのだろう。

「心配ござらぬ。じきにほとぼりも冷め申す。嶌殿も、備前守様の意を承《う》け、大黒屋を探っておるところじゃ。嶌殿が大黒屋の弱みを摑めば、若年寄とご老中はともに相《あい》謀《はか》り、尾州様とのあいだで話をつけられる。さすれば堀井殺しの一件は有耶無耶《うやむや》になるじゃろう。いましばしのご辛抱じゃ」

事も無げに十平次は言ってくれたが、太一郎は全く釈然としなかった。

(では、堀井玄次郎という男は、何故殺されねばならなかったのだ)

考えれば考えるほど、やりきれない。

「あなたのお役目は、なにをおいても、来嶋の家を守ることでしょう」

という十平次の言葉は、確かに太一郎の胸にささった。

だが、だからといって、そのために犠牲になる命があってよいものだろうか。

（堀井殿にも妻があり、遺されるお子たちがいるというのに……）

堀井の遺児たちのことを思うと、太一郎はなおやりきれなかった。わけのわからぬことで、ある日突然父を奪われた遺児たちは、かつての自分たち兄弟と全く同じ身の上だ。

（ならばせめて、本当の仇《かたき》が何処の誰なのかくらい、知らねばならぬ筈だ。武士の子である以上――）

店先で家人たちに指図する七兵衛の姿を、向かいの船宿の二階から見下ろしながら、太一郎は思った。

堀井家の遺児たちに、自分たちの姿を重ねるな、というほうが無理な相談だ。

「あれが大黒屋か？」

「ああ」

黎二郎の問いかけに、太一郎は無意識に肯《うなず》いた。いつ黎二郎が部屋に入ってきたのかも気づいていない。

「黒熊の子分がいるな」

「え？」

太一郎ははじめて黎二郎を顧みた。

「あの中に、黒熊の子分がいるのか？」

「なんだよ。気がつかなかったのかよ？」

「…………」

「そんなんで、よく伝蔵親分の用心棒を引き受けたな」

黎二郎は忿ち声を荒げる。

「どうせ、てめえのつとめの片手間でやってたんだろうぜ」

「ち、違う！」

太一郎は慌てて弁解した。

「そんなことはない！　断じて、片手間などではないぞ」

「だったら兄貴は、用心棒失格だよ」

「…………」

冷ややかな黎二郎の言葉に、返す言葉がなかった。

「すまん」

それ故素直に謝った。

博徒の用心棒という役目を、些《いささ》か軽く見ていたことは否めない。だが、それは大きな間違いであったと、太一郎は思い知ることになった。いまは大いに反省している。だから太一郎は、そのことを詫びるつもりで黎二郎を呼び出した。

「どうした、兄貴？」

黎二郎は敏感に兄の顔色を読み取った。

「なにがあったんだよ？」

「昨夜、黒熊一味の襲撃があった」

「なんだとッ！」

黎二郎は瞬時に顔色を変える。

「それで、親分は？」

「親分は無事だ」

「それはそうだよな。兄貴がいるんだからな」

黎二郎はひとまず安堵するが、

「いや、いなかったのだ」

「え？」

太一郎の言葉に、再び目を剝《む》く。

「どういうことだと？」

「他行していた」

「ど、何処行ってたんだよ」

「湯屋だ」

「湯屋ぁ？　なんでわざわざ湯屋になんぞ行く必要があるんだよ！　親分の家にも風呂くれぇあるだろうがよぉ」

「それ故、すまなかったと申している」

抑えた声音で太一郎は言い、ひたすら頭を下げている。

「それで？」

すぐ気を取り直して、黎二郎は問い返した。

「親分が無事、ってこたあ、兄貴が間に合ったってことだよな？」

「間に合うことは間に合ったのだが、怪我をされた。本当に申し訳なく思っている」

「怪我って、どの程度の怪我だよ？」

「左の肩を、少しばかり斬られた」

「どのくらいだよ？」

「五、六寸か…或いはもっとか……刀ではなく、短刀で切られたものだ」

「襲撃してきたのは、二本差しだけじゃねえのか？」

「用心棒の浪人者が四、五名。他に、短刀や匕首《あいくち》を手にした町人が十名近く」

「二本差しの数が、いやに少ねぇな」

「そうなのか？」

太一郎は逆に問い返す。

「その人数で親分をやろうなんざ、無謀すぎるぜ。親分の家には、若い衆が二十人もいるんだぜ」

「しかし、あの家の若い衆は、いざとなると、全くものの役にはたつまい」

「それはそうだが、黒熊の手下どもだって、同じようなもんだぜ。だから、二本差しの手を借りるんだからよぅ。……《合羽》の親分のところには腕のたつ用心棒がいるって評判がたってるんだぜ。なまくらな二本差し五人でどうにかなると思われたとしたら、面白くねえな」

「では、黒熊の者たちがそれほど無謀な襲撃をする意味はなんだ？」

「知らねえよ、そんなこと！」

「大黒屋の店先にいるあの若い男、黒熊の子分だと言ったな？」

「え？…あ、ああ……」

不得要領に肯く黎二郎を真っ直ぐ見据え、

「つまり、大黒屋と、《黒熊》の源吉という博徒はつながっている、ということだな」

太一郎は一語一語、自らそのことを確かめるように口にした。

「ああ」

先ほど、矢鱈《やたら》と色っぽい船宿の女将《おかみ》が運んできた茶を一口啜《すす》って、黎二郎は頷いた。

黎二郎は知らない。この船宿が、《雉子の湯》同様、嵩とその配下の伊賀者たちにとっての隠れ家であることを。

しかし、この場所を指定した太一郎は知っている。色っぽい女将が、嵩の変装である、ということも。

第五章　花の下にて

一

擦《す》りたての墨を流したような真闇――。

そんな闇の中を、密かに蠢《うごめ》くものがある。黒装束に身を包んだ、密やかでしなやかな肢体であった。俊敏に動けるよう、無駄を省いて体にピタリと密着させた薄い装束は、柔らかくも華奢《きゃしゃ》な女の体の線を、くっきりと浮かび上がらせている。

もし明るいところで見たならば、その妖《あや》しさに心惹かれぬ男は先ずいまい。軽やかな胡蝶《こちょう》のようでありながら、同時に鋼《はがね》の強さをも兼ね備えている。さながら、鋼の胡蝶とでもいうべきか。

鋼の胡蝶がひとさし舞う度《たび》に、屈強な――それも、相当な遣い手たちが、易々と彼女の足下に斃《たお》れた。

「ぐう……」

「ううッ……」

斬音《ざんおん》とも悲鳴ともつかぬ、短い呻《うめ》きを漏らしただけで。

シャツ、
シャツ、
シャツ、
しゃあッ、
時折、野良猫同士が牽制し合うような音声が聞かれるのは、頚動脈を断たれた際の、低く血の繁吹《しぶ》く音だった。

その音声が鳴ったとき、確実に、一つの命が断ち切られている。

見事なばかりの仕手だった。

半刻。

いや、すべてが終わるまでに四半刻とかかってはいまい。

鋼の胡蝶の行く手を阻む者、邪魔をする者たちは、尽《ことごと》く、葬り去られた。

「な、何故……」

最後に対峙した者だけは、短く言葉を発する余裕があった。いや、余裕ではなく、猶予を、嵩がその者に与えたのだ。彼の刃の構え方、身ごなし。……すべてに、見覚えがあったから。

だが、無意識の猶予を与えてしまったそのことに、嵩は自ら苛立《いらだ》ち、その苛立ちを自ら振り払う。

「邪魔だ」

最後の一人に引導《いんどう》を渡したとき、嵩は無意識に呟いた。

累々《るいるい》と転がった死屍《しし》の山は、その死屍の雇い主——或いは、嵩の雇い主がなんとかしてくれることだろう。

「お頭《かしら》」

行く手を阻んでいた十数名ほどをあっさり葬ったところへ、部下が素速く駆け寄ってきた。

「蛻《もぬけ》の殻《から》です」

「なに？」

「土蔵は空《から》で、屋敷の中にも、誰もおりません」

「くそッ、もう逃げたか」

忌々《いまいま》しげに呟きざま、

「長居は無用だ。ひきあげるぞ」

嶌は踵《きびす》を返し、瞬《また》くうちに闇にとけた。

黒装束の部下も、当然それに倣《なら》う。

(来嶋の弟めが、余計な真似をするから)

闇に紛れて走りつつ、嶌は内心激しく舌打ちする。

黎二郎から幽霊屋敷のことを聞いた太一郎が、何《いず》れ乗り込むであろうと予想した。

そうなっては面倒なのでいち早く手をうたねばと思ったが、敵もそれほど馬鹿ではなかったようだ。妙な闖入者《ちんにゅうしゃ》があったことで危険を察し、さっさと撤退したのだろう。

嶌が手にかけた忍びたちは、撤退がすむまで、屋敷の警護を命じられていたのだ。

(しかし、下忍《げにん》とはいえ、これほどの人数の伊賀者を雇えるとは、さすがは御三家筆頭、たいしたものだ)

戦国の世には、情報収集から敵国領主の暗殺まで、さまざまに重宝された伊賀者だが、戦《いくさ》のない世の中にあっては、その特殊技能を発揮する場も殆どない。

嶌のように、上忍《じょうにん》の家系に生まれた者は幼い頃から忍びとしての鍛錬を積み、鍛え抜いたその技を以て雇い主に仕える。

平和な世の中でも、忍びの役目が全くないかといえばそうでもない。兎角《とかく》権力者というものは、あらゆる情報を掌握しておきたい、と望むものだ。

だからといって、すべての伊賀者が職を得られるわけではない。大半の伊賀者は、里で百姓仕事に従事している。それを面白く思わぬ者たちが、たまさか勝手に里を出奔《しゅっぽん》し、ろくでもない稼業に手を染める。「伊賀者」だといえば、高値で雇ってくれる者は少なくないからだ。

(この程度の、殆ど伊賀者とも言えぬ連中が、伊賀者を名乗るとは——)

そういう同族と出くわす度に、氷の心をもつと言われる伊賀の小頭も、遣り切れぬ思いに陥るのだった。

しばらくして闇に目が慣れると、黎二郎に手を引かれずとも、独力で先へ進めるようになった。

「おい」

進めるようにはなったが、だからといって、必ずしも乗り気ではない。足どりは依然として重い。

「本当に屋敷の中に入るのか?」

太一郎は黎二郎の耳許《みみもと》に問いかけた。

「なんだよ、兄貴。まさか、怖いのか？」

「馬鹿を言え」

太一郎は激しく舌打ちする。

「人の気配など、全くしないではないか」

「それがいるんだよ、中に大勢――」

「その大勢の者たちは、こんなボロ屋敷の中で、一体なにをしているのだ？」

「さあねぇ。なにをしてるかなんて、そいつらに訊いてみなきゃわからねえよ」

黎二郎は一向悪びれない。

太一郎の不機嫌な反応にはお構いなく、夜の底のような闇の中をグイグイ進んで行く。二度目ともなれば、さすがに体が覚えていた。

あの翌日、昼間じっくり外から眺め、だいたいの屋敷の構造を頭に叩き込んでもいる。

「人の話し声など、聞こえぬぞ」

「いつも喋ってるとは限らねえだろ。用もねえのに、無駄口なんぞきかねえよ」

「おい――」

縁先からズカズカと上がり込もうとしている黎二郎を、太一郎は驚いて呼び止めた。

「なんだよ、いちいち」

勢いをそがれて、黎二郎はさすがに気色ばむ。

「そんなところから入るのか？」

「じゃ、どっから入るんだよ？」

問い返されて、太一郎は容易《たやす》く言葉に詰まった。

「玄関から入って、案内でも請うってのか？」

「………」

「いいから、来いよ」

言いつつ黎二郎は無造作に障子を細く開け、そこから、ヌッと体を差し入れた。太一郎も仕方なくそのあとに続く。

（う……）

一歩中に入った途端、その埃《ほこり》臭さと黴《かび》臭さとに、太一郎は思わず口と鼻を押さえ、息を止めた。

気が向けば何日でも女郎屋に流連《いつづけ》してしまうような黎二郎に比べて、几帳面な太一郎のほうが格段に綺麗好きである。廃墟の澱《よど》んだ空気など、到底耐えられるものではない。

「無理だ、黎二郎」

「え？」

「こんなところには到底おれぬ。俺はやめるぞ」

「お、おい、待てよ……多少黴臭ぇくらいで、死にやしねえよ」

「多少どころの騒ぎではないぞ」

両手で口許を押さえたままで太一郎は応え、入ってきたところから、直ちに外へ出ようとする。

「だから、待てって――」

黎二郎は慌てて太一郎を引き止める。

「抜け荷買いの証拠、掴みたくねえのかよ」

「こんな幽霊屋敷に、抜け荷の証拠などあるわけがない。大方貴様は夢でもみたのだ」

「んなわけねえだろ。あのとき、俺ぁ、素面《しらふ》だったんだぜ」

黎二郎は懸命に言い募るが、果たして、狼狽《うろた》えた太一郎の耳に入っていたかどうか。

「とにかく、ここは駄目だ。これ以上、毒を吸い込んだら、死んでしまう」

「毒なんかじゃねえから」

太一郎の肘《ひじ》を摑んで強引に引き戻しながら、

「だったら、障子を全開にして、外気を入れればいいだろ。ほら――」

黎二郎は障子を全開にした。

「そんなことをして、大丈夫なのか？」

これには太一郎のほうが驚く。

もしここが、黎二郎の言うとおり、なにやらよからぬことを企む一味の隠れ家だとしたら、こっそり忍び込むだけでもかなりヤバい筈である。隠れ家には、警備のための用心棒がつきものだ。障子が全開になっているのを見られたら、忽《たちま》ち侵入者の存在に気づかれてしまう。

「大丈夫だよ。奴らがいるのは、もっと奥のほうだから」

「屋敷の奥には、もっと禍々《まがまが》しい毒気が満ちているのではないのか？」

「だから、毒気なんかねえって」

太一郎の腕を摑んだままでその部屋を横切り、黎二郎は奥の襖をやや乱暴に開けた。

（妙だな）

黎二郎は黎二郎で、一歩邸内に踏み入ったときから、微妙な違和感を覚え続けている。

話し声が聞こえないのは兎も角、人の気配すら全くしない。

数日前に入ったときとは、なにもかもが、全然違っているのだ。

(もしかしたら、もういねえのかな?)

障子を開けて屋内に入ったときから、実は薄々それを察していた。

だが、今更それを太一郎には言えない。ここまで兄を引っ張ってくるのも楽ではなかった。

「幽霊屋敷の土蔵に、抜け荷の品が隠されてる」

と黎二郎が告げたとき、太一郎はかなり興味を示した。浪人姿に身を窶《やつ》してまで彼が内偵しているのは抜け荷がらみの案件であろうことは容易く想像できた。

「行ってみねえか?」

だから熱心に持ちかけた。兄に手柄をたてさせることは、黎二郎にとっても望外の喜びである。

「だが、大勢の用心棒が見張っているのであろう」

太一郎は難色を示した。

「お前は無事に逃げおおせたろうが、それは僥倖だ。そのせいで、警備も厳重になっていよう。次も逃げ切れるとは限らぬ」

「俺たち二人で行けば大丈夫だよ」

「お前の腕は認めるが、たった二人では……」

「兄貴だって、直参の中では五本の指に入る達人じゃねえかよ。俺は、素手の喧嘩じゃいまでも兄貴にかなわねえからな」

　黎二郎は懸命に言い募った。

　とにかく、太一郎を菊池家跡の幽霊屋敷に連れて行きたい。多数の用心棒に見咎められるのは面倒だが、二人ならば、なんとかなるだろう。まさか、一味が既に退去してしまったとは、夢にも思わなかった。

「おい、黎二郎」

「なんだよ、さっきから。やっぱり兄貴、ビビってんじゃねえの」

　最早低く声を落とすこともせず、黎二郎は言い返した。

　部屋の襖を次々と開け放ちながら、奥へ奥へと進んで行くが、一向に話し声はおろか、人の気配すらもない。当然、行灯に火など入っておらず、人が住んでいたという痕跡もなかった。

「誰も、おらぬではないか？」

黎二郎に連れられて黴臭い暗闇を進みながら、苦情を訴えるように太一郎は言う。

太一郎とて、黎二郎が、面白半分のつもりで自分を幽霊屋敷に連れてきたとは思っていない。役目に力を貸してくれようとしていることも、よくわかっている。

だから、責める口調にはなれなかった。

「と…とにかく、土蔵を見てみようぜ」

足どりの鈍る太一郎の手をとって、黎二郎は闇雲に屋敷内を進む。

前回は、このあたりで用心棒に見つかったため、あとは無意識に走りまわって逃げた。いつしか厨《くりや》に到った。厨口から外へ出ると、そのすぐ前に土蔵がある。

「ほら、そこだ」

黎二郎はどうにか厨口に到達した。

だが、そこから外へ出て、土蔵の場所を確認したとき、絶望的な気分に陥った。先ず、どこからも明かりが漏れていない。数日前に来たときは、明かり取りから、あれほど明かりが漏れていたというのに。

「嘘だろ……」

ぼんやり呟きながら、黎二郎は土蔵の入り口に近づく。

「おい、黎二郎」

「そんなわけねえよ」

言いざま観音扉に手をかけ、無造作に引き開ける。

ギッ……

鍵はかかっておらず、派手に軋みながらも、力をこめれば、容易く扉を開けることができた。

「なんにもねえ……」

開け放ったところで、黎二郎は茫然と呟く。中に入ってみるまでもない。蔵の中が空っぽであることは、闇に目をこらせばわかる。

「嘘じゃねえよ。…本当に、あったんだぜ」

言い募りつつ、必死で太一郎を顧みた。

「高麗人参《こうらいにんじん》とか、高麗人参とか……あったんだよぉ」

「高麗人参が、あったのだな」

黎二郎の肩をそっと叩きつつ、太一郎は言った。

「あったよ。本当にあったんだよ。それに、三つ葉葵の紋が入った千両箱も……」

「わかった。お前が嘘をつくとは思わん」

太一郎は鷹揚に肯いた。それは、三つ葉葵ではなく、尾州三つ葵だ、という言葉は、声には出さず、胸にしまった。

「本当なんだぜ、兄貴」

「だから、疑ってはいない。おそらく、お前に見られたために、撤退したのであろう」

「………」

「だから、気にするな」

太一郎に肩を叩かれながら、黎二郎には言い返す言葉がなかった。

そんな風に慰められること自体、子供扱いされているようで我慢ならない。だが、言い返す言葉はない。現に、いま目の前に、何の証拠の品もないのだ。

(くそッ。なんですぐ次の日に連れて来なかったんだろう)

黎二郎が悔しさに身を震わせているとき、

「少々遅かったでござるな」

しみじみとした言葉が、どこからともなく聞こえてきた。

「………」

黎二郎のみならず、太一郎もギョッとしてその場に立ち竦《すく》む。

「抜け荷の一味は、もうここにはおりませぬ」

声は、地の底から湧き出でるが如く底低いものだったが、その言葉は不思議と聞き取りやすかった。

「出海殿」

太一郎は、その声の主に向かって呼びかけた。

「弟が、ご迷惑をおかけしたのではありませぬか？」

「いいえ、決して——」

公儀御庭番・出海十平次は、笑顔で首を振った。

「ここは最早、ただの幽霊屋敷でござるよ」

闇に透かし見た十平次の顔は、相変わらず、仏のような温顔だった。

二

「おや、大黒屋さん、どこへ行かれます？」

太鼓持ちの見苦しい芸に辟易して席を立とうとしたとき、荻屋《おぎや》の主人につと袂を摑まれた。

「まさか、あたしの酒が飲めないってんですかい」

これが女ならまだしも、加齢臭の甚だしい、五十過ぎのオヤジだ。できれば身近にいるのもご免こうむりたい。

「いや、厠《かわや》ですよ」

やんわりと言い、大黒屋七兵衛は苦笑した。

「すぐに戻ってきますよ、荻屋さん」

「本当ですかぁ？　こっそり、太夫《たゆう》を独り占めしようなんて、なしですよぉ」

荻屋は相当酔っているのか、呂律《ろれつ》もあやしくからんでくる。

「太夫が、あたしなんか相手にするわけないでしょう。……勘弁してください。漏れちまいますよ」

七兵衛はやんわりとその手をふり解きつつ、作り笑いをみせた。

「すぐに戻ってきますから」

「すぐに戻ってくださいよぉ、大黒屋さん」

酸漿《ほおずき》かと見紛うほど朱に染まった顔で、荻屋は陽気に手を振った。

（やれやれ……）

座敷を出て、外の空気を吸えば、漸《ようや》く少しだけホッとする。

同業者たちとのつきあいには慣れたが、だからといって、それを気楽に楽しめるわけではない。茶屋遊びの誘いを無下《むげ》に断れば、やれつきあいが悪いだの、吝嗇《けち》だのと陰口をたたかれ、果ては足を引っ張られることになる。仕方なくつきあってはいるが、面白いことなど、何一つなかった。

（なんという無駄な時間であろう）

思いつつ廊下を進めば、顔馴染みの芸者や袖留新造《そでとめしんぞう》が七兵衛に頭を下げ、目顔で挨拶する。

江戸で商売するようになってから、吉原にも随分と通いつめた。もとより、馴染みの妓などは一人もいない。元々、そういう目的で来ているわけではない。

（これも、主家《しゅけ》の御為《おんため》とは思うが……）

正直言って、つらかった。

それ故、厠で用をすましたあとも、すぐには座敷へ戻らず、廊下の端からふと庭へ降りた。

庭の桜は満開である。

「町人となって、江戸で商売せよ」

主家からの命《めい》を承《うけたまわ》った当初、七兵衛は当然閉口《へいこう》した。士分を返上して町人となり、江戸で商いして相応の利益をあげろ、と言うのだ。無理だ、と思った。物心ついて以来四十年以上、武士として生きてきたのだ。今更商人になれるわけがない。

だが、主《あるじ》の命《めい》は絶対だ。そういう社会に、四十年以上属してきた。

主君へのお勤めと思えば、どんな無理でもなんとかしてしまうのが武士という哀しい生き物だ。

(俺は武士だ)

大黒屋七兵衛と名乗るようになってからも、ただその一事だけが、彼の拠《よ》り所《どころ》だった。

(主家のために——)

「あらぁ、大黒屋さまではありませんか?」

不意に背後から呼びかけられた。

七兵衛は仕方なく女のほうを顧みた。顔見知りの遊女だが、座敷に呼んだことはない。

「たまには私も、呼んでくださいな」

ニコニコと満面の笑顔で近づいてくると、大黒屋の肩にしどけなく凭《もた》れかかる。遊女としては至極自然な媚態である。

「…………」

だが、妓《おんな》に凭れかかられた次の瞬間、下腹に、
ジン、
と熱く、焼け火箸でも当てられたかのような衝撃をおぼえて、七兵衛は声を失った。

妓の手にした刃が、鋭く、七兵衛の下腹を抉《えぐ》っていたのだ。

（うぅ……）

だが、焼けるような痛みは束の間のことだった。一瞬後、急速に意識が遠のいている。膝をついて倒れ込んだときには、既に妓は彼の側《そば》を離れていた。

声をたてることもできず、七兵衛はその場に頽《くずお》れた。廓では、とかく酔い潰れて、ところかまわず寝入ってしまう者も少なくない。

桜の幹に凭れるようにして頽れた七兵衛を見つけても、そうした酔客の一人と思い、気に留める者はいなかった。

厠からの戻りがあまりも遅いことを気にした荻屋が、捜しに来るまで半刻ほども、七兵衛の骸《むくろ》はそこに放置されていた。

これの御門の桜の花に、
鳥が棲むやら花が散る……

三

鳥追い唄だろうか。

門付《かどづ》けの女は、門前で低く口ずさんでいた。三味線《しやみせん》の音が、どこかもの悲しげに路地裏に響く。

やがて曲の一節が終わったとき、家の中から若い女中が飛び出して来て、門付けの女の手に小さな紙片を握らせた。紙片の中には、一文銭の二〜三枚は入っているだろう。女は小さく会釈をし、三味線を小脇に抱え直してその家の門口を離れた。

通常、門付けが家々をまわるのは正月のこととされる。だが、他に糧《かて》を得る術《すべ》のない鳥追い女が、合力《ごうりき》目的で鳥追い唄を歌い、三味線を奏でれば、その家の者は幾ばくかの金か、多少の食を恵んでくれることも珍しくない。

一見、珍しくもない光景だが、鳥追い女の、編み笠の下の顔が、太一郎の見知ったものであるならば、彼女の行為は、たんなる生業《なりわい》ではないだろう。若い女中が手渡したのも、或いは門付けへの祝儀などではなく、なにか重大な秘事を記した密書かもしれない。

（それに、三味線の腕もばかにならん。……伊賀者とは実に怖ろしいものだ）

思いつつ、太一郎はその鳥追い女のあとをつけた。

鳥追い女の足どりは軽やかで、尚かつ速い。

如何に旅慣れた鳥追い女と雖《いえど》も、ここまで健脚な女は珍しい。

鳥追い女は、果たして太一郎に尾行《つ》けられていることに気づいているのか、いないのか。格別足を速めることもなく、さりとて、緩めることはなく、一定の速度を保って歩く。その足音は、まるで、なにかの音曲を奏でているかの如くに規則正しい。

その規則正しさに、いつしか太一郎は誘い込まれていたのかもしれない。

気がつくと、鳥追い女は川端の、桜の木の傍《かたわ》らにいた。既に陽は暮れはじめ、東の空には淡く月影がさしはじめている。

「一体何処までついてくるおつもりです、来嶋様？」

鳥追い女の、白い頤《おとがい》に結ばれた笠の紐の赤さに、太一郎は無意識に戦《おのの》いた。

「嶌殿」

無意識にその名を呼ぶ。

「ご所望とあれば、一曲お聞かせいたしましょうか？」

袋をかけたままの三味線の棹《さお》を手にとって弾く真似をしながら、嶌は言う。編み笠を被《かぶ》ったままなので、口許しか見えていない。だが、低く含み笑っているようなのは、その声の調子や僅かに歪む唇の形から、容易く察することができた。

そうかと思えば、

「それとも、なにかあっしに、訊きたいことでもおありなんですかい？」

不意に、《雉子の湯》の主人・半次郎の声色で言い、太一郎を戸惑わせる。

「来嶋様？」

紅い唇のあいだから、輝くような白い歯がこぼれるのを見た瞬間、太一郎はカッとなった。

「ふざけないでいただきたい」

表情を引き締めて太一郎は言った。

「別にふざけてはおりませんが」

恬淡《てんたん》な嶌の口調に苛立ち、

「大黒屋を殺したのは、あなたですか？」

思わず語気を荒げて問うた。

「何故大黒屋を殺したのです？」

嶌は答えず、指先でそっと編み笠を上げた。その途端、笠の下の嶌の目が、僅かに戸惑っているように見えた。

その目を見た瞬間、太一郎の心は僅かに怯《ひる》む。

「何故私が、大黒屋を殺したと思われます？」

「何故と言われても……」

大黒屋七兵衛が死んだことを知ったときから、あなたがやったと思っていた、とは言えず、太一郎は口ごもった。

だが、ここで怯むようでは、折角町中で嶌を見つけ、ここまで尾行《つ》けてきた意味がない。

「あ、あなたのやり方は、あんまりだッ」

自らを奮い立たせ、太一郎は声を荒げた。

「なにがです」

最早太一郎との不毛なやりとりに飽きたのか、さも億劫《おっくう》そうに、嶌は応じる。

「どうせ殺すなら、もっと早く殺せばよかったではありませんか！」

「…………」

「もっと早く大黒屋を殺していれば、堀井玄次郎が殺されることはなかったかもしれない」

喉元までこみあげる言葉を、だが太一郎はかろうじて呑み込んだ。世迷言《よまいごと》を口走る前に、自ら話題を変える。

「三番町の幽霊屋敷を片付けたのもあなたでしょう」

「それがなにか？」

「大黒屋が、尾州様の手の者であることを、いつからご存知だったのです？」

「それを聞いて、なんとなされます？」

「え？」

逆に問い返されて、太一郎は答えに詰まる。

「私は、備前守様の手の者ですよ」

「存じております」

「では、聞くまでもないことでございましょう」

「…………」

「貴方様もご存知のとおり、私は備前守様の飼い犬でございますよ。備前守様に命じられれば、なんでもいたします」

底冷えするような声音で嶌は言い放ち、

「貴方様をお助けしたのも、備前守様のご命令なればこそでございます」

更に、身も蓋もないことを平然と言い継いだ。太一郎にはすべてが釈然としない。

「しかし、堀井玄次郎が殺された夜は……」

「いまだから申しますが、実はあの晩も、備前守様に命じられ、密かに貴方様の身辺警護をしておりました。……上から命じられれば、どんなお役目でも骨身を惜しまず、馬鹿正直に努《つと》めようとする貴方様は、危なっかしくて、とても見ておれませんよ」

（おのれッ！）

嘲弄《ちょうろう》されて、太一郎は思わずカッとなった。

溜まりに堪《たま》った鬱憤《うっぷん》が、ふとしたことで、爆発したとしても、無理はない。

「愚弄するかッ」

怒声とともに、抜刀した。

だが、その切っ尖が向けられるのを待たず、嶌は瞬時に跳躍した。

跳躍と同時に、一間も後方に退いている。おそるべき跳躍力だった。

「いけません、来嶋様」

更に退きつつ、嵩は笑顔で言い残した。

「立派な御直参が、賎《いや》しき伊賀者などと刃を合わせるなど、あってはなりませんよ」

言いざま嵩は踵を返す。

「ま、待て！」

呼び止める暇もなかった。

呆気にとられるうちにも、見る見る嵩は遠ざかり、ほどなく太一郎の視界から完全についえた。

(速い……あれは、最早《もはや》人ではないな)

太一郎には、もとよりあとを追う気などない。

気づいたときには完全に陽は没し、川端の桜を見るのも困難な闇の帳《とばり》が、あたりを完全に被《おお》い尽《つ》していた。

(伊賀者、恐るべし……)

「貴女らしくもないのう、嵩殿」

足を止め、息を整えようとしたところで不意に声をかけられ、さしもの嵩も少しく戦《おのの》く。

「貴女なら、己に刃を向けてくる者なら、何人たりとも赦《ゆる》さぬだろうと思っておりましたよ」

声の主は、出海十平次である。

「…………」

「大黒屋を殺したのは自分ではないと、何故はっきり否定なされなんだ？」

いつになく厳しい表情で十平次は問い、

「聞く耳を持たぬ者に、なにを言っても無駄でしょう」

変わらぬ口調で嶌は答える。

「此度《こたび》の一件は、備前守様の命《めい》ではありますまい。何故貴女は、来嶋殿…いや、太一郎殿にそうまで肩入れなされる？」

十平次の問いに、

「さあ……惚《ほ》れたのかもしれませぬなぁ」

嘲笑《あざわら》うような声音で答えざま、嶌は、冷たい笑顔で十平次を顧みた。

《仏》の異名を持つ温顔の御庭番が、このときばかりは大きく目を剝《む》き、信じ難い驚愕の表情で嶌を見返す。

「不器用で馬鹿正直な男は、存外慕わしゅうございます」

「来嶋太一郎という男に、惚れているのかもしれませぬ」

「え？」

「…………」

十平次は容易く絶句した。

嶌とはじめて会ったのは――いや、彼女を見かけたのは、いまから二十年も前のことだ。そのときから今日まで、その外貌は殆ど変わっていない。忍び特有の変装の技を用いているのだとは思うが、それにしても、見事なまでの化けようだ。

そんな見事な化け物が、戯れ言にしても、あまりに意外な戯れ言を口にするものだと、十平次はそのことに驚いたのだ。

毒気を抜かれて言葉を失った十平次をしばし楽しげに見返してから、

「あなた様こそ、このところ、来嶋の家に入れ込み過ぎなのではありませんか」

満面の笑みで嶌は言い返した。

その笑顔のあまりの美しさに、十平次は依然言葉を失ったままだった。

四

「もう、いいじゃねえかよ」

　空になった太一郎の猪口《ちょこ》に酒をさしつつ、宥《なだ》めるように黎二郎は言う。同じ言葉を口にするのは、今夜もう何度目になるだろう。黎二郎とて、内心辟易《へきえき》しているのだ。だが、

「よくはない」

　その度《たび》、太一郎は不機嫌に首を振る。

　声を、さほど高める必要はない。いつもの人気居酒屋が、今夜は不思議と空《す》いていた。広い店内に、客は太一郎と黎二郎以外、職人風体の男たち五、六人の集団が一組きりだ。祝い事でもあって明るいうちから飲んでいるのか、男たちはほぼ酔い潰れ、寝入っている。

「いいわけがないだろう」

「けど、すべて、丸くおさまったんじゃねえのかよ」

「こんなことで、丸くおさまったと言えるのか。実際に不正をしていた小野山は野放

しだ」

「けど、大黒屋が死んだおかげで、つぶれかけてた多田屋に、取引先が戻ってきたんだろ。多田屋の女将《おかみ》さんを助けることができて、伝蔵親分も喜んでくれたんだしよ」

それを言われると、太一郎には返す言葉がない。

大黒屋七兵衛の急死とともに、大黒屋は江戸から撤退した。

もし主人が生きていれば、大黒屋は江戸から撤退することはなかったし、予定どおり、多田屋の女将から問屋株を買い上げていただろう。太一郎には、お富士を助ける術はなかった。

「それに、大黒屋がくたばったせいか、黒熊の奴らもすっかりおとなしくなってくれたしな」

「黒熊といえば――」

太一郎はふと口調を変え、箸を止める。

「本気なのか？」

「え？」

「吉原に火をつけて全焼させ、新しく建て直された吉原の惣名主《そうなぬし》におさまろうなどと、正気の沙汰とは思えん」

「まあ、吉原を、燃やすこと自体は、そんなに難しくねえかもな」

「え？」

「日本橋の元吉原が焼けて、いまの吉原に移ってからも、何度か焼けてるみてえだぜ」

「そうなのか？」

「ああ、火消しは大門《おおもん》の中へは入らねえから、あっという間に燃え広がる。中途半端に燃え残ってても、そこで商売できるわけじゃねえから、結局全部燃しちまうらしいぜ」

「詳しいな」

太一郎は少しく感心する。

「たとえ全部燃えちまったとしても、一年もしねえうちに、また新しい吉原が建つ。材木問屋は大儲けだ」

「しかし、あれほどの遊廓街が全焼すれば、死者怪我人の数は大変なものだろう」

「前の大火事のときは、客と遊女、合わせて五百人以上死んでるそうだ」

「五百人……それを承知の上で付け火をするなど、許せぬな」

「だから、首代《くびだい》や会所の若い衆たちが四六時中目を光らせてるよ。それでも、吉原を食い物にしようって輩《やから》は、あとを絶たねえんだよなぁ」

「なるほど」

深く肯《うなず》き、一旦は納得した太一郎だったが、ふとなにか思いついたように顔をあげ、黎二郎を凝視する。

「お前、まさか――」

「な、なんだよ、急に、怖い顔して……」

「今度は、吉原の用心棒になる、などと言い出しはすまいな？」

「………」

鋭い指摘に、黎二郎は容易く言葉を失う。

「やはり、そうか――」

鋭い語気で言いかけ、だが太一郎はふと口許を弛《ゆる》めて苦笑した。

てっきり、頭ごなしに怒鳴りつけられるものと覚悟していた黎二郎は、兄がなにを言い出すか、さっぱり見当もつかず、そのため更なる不安に襲われている。

だから、恐る恐る促した。

「兄貴？」

「美緒殿がそれで納得されておられるなら、俺にはなにも言うことはない」

「え？」

「俺も、伝蔵親分の世話になってみて、よくわかった」

「なにが？」

「こういう暮らしも、存外悪くないということだ」

「兄貴、まさか……」

黎二郎は更に恐々《こわごわ》と兄の顔を覗き込む。

「なんだ？」

「城勤めがいやになっちまったんじゃねえだろうな？」

「…………」

「図星か？」

「別に、いやになったわけではない」

「いや、わかる。わかるぜ、兄貴。一度気楽な市井《しせい》の暮らしを知っちまったら、二度とあんな窮屈なとこへ戻りたくはねえよな。気持ちはわかるぜ。……けど、兄貴まで俺みてえなろくでなしになっちまったら、おふくろ様と義姉上《あねうえ》が泣くぜ」

「馬鹿を言え。俺は来嶋家の長男だぞ」

苦笑を堪えつつ太一郎は答え、注がれた猪口の酒を一口飲んだ。今夜の酒は、意外に甘く感じる。深酒をしてしまいそうな、危ない兆候だ。

(それにしても、己がろくでなしだという自覚はあるのだな)

思うと可笑《おか》しさがこみあげて、軽く声をたてて太一郎は笑った。

「兄貴?」

「お前に心配されるようでは、世話はない」

「………」

「安心しろ。俺はもう家に戻る」

「い、いいのか?」

「お前は親分の用心棒に逆戻りだな」

と言いつつ太一郎がさしかける徳利から酒を受けると、

「なんか、悪いな」

ひどくきまりの悪そうな顔つきで黎二郎はそれを飲み干した。兄の気持ちがほろ苦く感じられてならない。

と、そこへ、ふと口調を変えて太一郎は言う。

「ところで、黎二郎」

「ん?」

「一つわからんことがあるのだが」

「なんだい？」

「多田屋の女将さんのことなんだが」

「ああ、お富士さんだっけ？」

「伝蔵親分の初恋のひとだというのだが、本当かな？」

「まあ、綺麗な人だよな。おふくろ様ほどじゃねえけど――」

「親分が、子供の頃のことだと聞いたぞ」

「まあ、初恋っていうからには、大人になってからじゃねえだろうな」

「三十年以上ぶりに偶然出会って、ひと目でそのひとだとわかるものかな？」

太一郎の真剣な問いに、黎二郎はしばし考え込むそぶりを見せたが、

「わかるんじゃねえかな」

意外に真剣な口調で答える。

太一郎には、それが解《げ》せない。

「だが、七つか八つの少女から、いきなり中年の婦人だぞ。顔だちだって変わっているかもしれない」

「風の噂に消息くらいは聞いてたろうし、たまに街中ですれ違うことだってあったか

もしれねえだろ」

「そうかもしれんが……」

「まあ、親分のことは親分に訊いてみなきゃよくわからねえが、兄貴の身近にも、初恋の相手を忘れられなかったひとがいるぜ」

「母上か？」

「いや、義姉上だよ」

「綾乃？」

「知らなかったのか、兄貴？」

黎二郎は思わず問い返す。

「知らぬ」

「兄貴って、義姉上の初恋のひとだったらしいよ」

「何故お前がそんなことを知っている？」

太一郎の表情が次第に険しさをおびてゆく。

「聞いたんだよ、義姉上から。ここんとこ、家に帰ってただろ。飯のときとか、いろいろ話したんだ」

「だからといって、貴様、嫂《あによめ》とそんな話を……」

「怒るなよ、そんなことで」

「そんなことではない！」

「いいじゃねえか。義姉上がなんでうちみてえな貧乏旗本に嫁《とつ》いできたのか、兄貴はずっと不思議に思ってたんだろ」

「………」

「初恋じゃ、しょうがねえよな」

　変わらぬ口調で黎二郎は言ったが、それきり太一郎は考え込んでしまった。

　綾乃とはじめて会ったのは、榊原家で行われた見合いの席だ。それ以前に、綾乃と会った記憶は、太一郎にはない。だが、黎二郎の言うことが本当だとしたら、太一郎と綾乃はそれ以前に、何処かで出会っていたのだろうか。

（わからん）

　懸命に記憶を手繰《たぐ》るうちにも盃を重ね、ほどなく鈍い酔いが訪れて、考えるのが面倒になった。

五

数日間迷った挙げ句、結局太一郎は堀井家へ弔問に行くことにした。

死後五十日を過ぎているため、既に忌中ではなく、家族には変な顔をされるかもしれないが、とにかく、線香の一本もあげさせてもらわねば、太一郎の気がすまない。

(所詮は俺の独り善がりかもしれぬが……)

太一郎の心配を他所《よそ》に、

「わざわざご丁寧に、ありがとうございます」

堀井玄次郎の妻は玄関口で恭《うやうや》しく迎えてくれた。忌中を過ぎていても、なお喪服を着ているところが奥ゆかしい。

仏間に通されると、十八になる長男が仏壇の脇に座し、太一郎を出迎えた。

「堀井唯史郎《ただしろう》でございます」

「来嶋太一郎と申します。…このたびは、突然のことで、さぞやお気を落とされたことでしょう。ご葬儀にも伺えず、失礼仕《つかまつ》りました」

「いえ、これも、武門の常でございますれば——」

当主らしく厳《おごそ》かな口調で応じる顔は大人びているが、末弟の順三郎と同い年なのだと思うと、太一郎の心は一層悼《いた》んだ。

(手にかけたわけではないが、俺が殺したようなものではないか)

仏前に線香をあげ、手を合わせる際、

(ご長男はかろうじて元服しているが、他のお子たちはまだまだ幼い。……お心遣りでありましょうな、堀井殿)

太一郎は心で故人に話しかけた。

生前の堀井と言葉を交わしたことはないが、その死の直前まで、太一郎は故人の身近なところにいた。身近なところにいながら、なにもできなかったという無力感が、更に強く太一郎を苛《さいな》む。

祈り続ける太一郎の横顔が、あまりに思いつめた様子に見えたのだろう。

「来嶋…様?」

堀井の長男が、心配そうに太一郎に呼びかけた。

「来嶋様は、徒目付組頭であられるそうですが――」

「え、ええ」

太一郎は漸く我に返って長男に向き直る。

「勘定吟味方の父とは、その……どういう……」

長男の言葉は遠慮がちながらも、その意は充分太一郎に伝わった。

「ご城中にて、何度か……」

「さ、左様でございますか。ご城中にて……」

「ご挨拶をさせていただく程度の仲でしたので、知人とも言えぬようなものなのですが……たいしたつきあいでもないのに、このようにお宅にまで押しかけ、まことにもって、申しわけなく存じます」

「い、いえ、決してそのような……ご丁寧にご挨拶いただき、ありがとうございます。父も、喜んでいると思います」

太一郎が交々《こもごも》と言い訳したため、若い長男は慌ててその場に両手をつき、頭を下げた。

元服はしていても、まだ出仕前の若造である。立派に喪主の役目を務めただけでも、褒めてやるべきだろう。

「唯史郎殿は、お父上のあとを継いで、勘定吟味方のお役に就かれますのか？」

「はい。当分は、見習いですが」

唯史郎が答えたとき、堀井の妻が、茶を運んできた。

「どうか、おかまいなく。…もう、失礼いたしますので」

太一郎は一旦腰を上げかけるが、

「いえ、折角いらしてくださったのですから、どうか、ゆっくりしていってくださいませ」

喪服の妻女から引き止められると、折角淹《い》れてくれたお茶くらいは飲んで帰ろうと気を取り直した。

年の頃は、三十半ば。憂い顔に喪服が映えるのか、この上なく幸薄《さち》そうに見える妻女を目の前にすると、再び太一郎の心は傷みだす。堀井玄次郎という武士を、何日間か尾行していてわかったのは、兎に角、真面目な男だ、ということだけだ。下城の時刻になるときっちり下城し、何処にも立ち寄ることなく、真っ直ぐ本所の自宅へ帰る。怪しいところなど、何一つなかった。

(せめて、堀井玄次郎がどういう人間であるかを事前に知っていれば、もっと違った内偵の仕方もあったろう)

あの日、堀井がはじめて自宅とは違う方向へ足を向けたことを、

——すわ、誰かと密会か！

と太一郎は思い、嬉々として尾行した。あれが、太一郎を嵌《は》めるための罠であるな

ら、堀井はおそらく、上役の小野山掃部に呼び出されたのだ。どんなに生真面目な男でも――いや、生真面目なるが故に、上役の誘いには仕方なく応じるだろう。

（あのとき出海殿は、はっきり、小野山を内偵していると言われた。如何に知人とはいえ、通常御庭番が、そんなことを明かすはずがない。それをあえて俺に明かしてくれたのは、不正をしているのは小野山のほうだから、堀井の内偵はもうやめろ、という意味だったのに……）

思うほどに、太一郎は己の愚かさ浅はかさを呪わずにいられない。

己を呪いながら飲み込んだお茶は、ひどく渋い味がした。

堀井家を辞した太一郎が帰路についたとき、頭上には月が昇っている。

（立ち待ちの月か）

珍しく風流な心持ちになったのは、或いはあたりに漂う花の香の故かもしれない。

自ら望んで訪れたくせに、堀井家を訪問したことを、太一郎は少しく後悔していた。ある日突然、理由もわからず父を喪った妻子が哀れで――自分たち母子とも重なるため、矢も楯もたまらず来てしまったが、来られたほうは果たしてどう感じたであろう。

たいしたつきあいもない者が、忌中も過ぎた頃にわざわざ弔問に訪れるなど、如何にもあやしい。遺族は当然不審に思う。それならせめて、彼らが納得できるような話をしてやればよかったろうに、何一つ、堀井玄次郎の死の真相を話すこともできなかった。

(結局俺は自己満足のためだけに線香をあげに行ったんだ)

そう思うと、そのやりきれなさに、太一郎は絶望した。

堀井家の遺児たちはかつての自分、幸薄そうな妻女は香奈枝だ。すべてが重なっていながら、これほどなにもしてやれぬとは。

まとわりつく花びらを払い除けようと己の顔に手をやったとき、太一郎ははじめて、己の両頰が濡れていることを知った。月がいつしか雲に覆われてしまったことにも、全く気がつかなかった。

(雨か……)

だが、自らの頰を濡らしたものの正体は、いま降り出した小雨ではあるまい。

太一郎は、自分でも気づかず泣いていた。絶望するほどの悲観で、無意識に涙を流していた。

「旦那様?」

「……………」

　太一郎は思わず足を止めた。

　不意に呼び止められ、傘をさしかけられたのだ。

「綾乃？」

「如何なさいました？」

「な、何故ここに？」

「雨が降ってまいりましたので、お迎えに」

「わざわざ来ずともよいものを……」

　照れ隠しに言い、綾乃の手から傘の柄を奪う。

　差しかけながら、太一郎はふと思いあたった。

　本所からの帰りであるため、ここは、いつもの城からの帰り道ではない。綾乃には
ただ、ちょっと寄り道をするので、帰りが遅くなる、とだけ伝言した。

「何故わかった？」

「え？」

「俺がここを通ると、何故わかった？　いつもと道が違うのに――」

「堀井様のお宅に寄られると聞いておりましたから」

 こともなげに、綾乃は答える。

「それだけで、俺がこの道を通ると思ったのか？」

「はい」

「だが――」

「旦那様はお忘れでございましょうが」

言いかける太一郎の言葉を強引に遮《さえぎ》って綾乃は言い、

「幼き頃、この先の弁慶橋で、私は旦那様とはじめて出逢いました」

眩《まぶ》しそうに太一郎を仰ぎ見た。

「え？」

「私には、よき思い出でございます」

「………」

太一郎は答えなかったが、道場に通いはじめたばかりの頃、その帰り道でよく出会う幼女がいたことを、漸く思い出していた。

（そういえば一度、鞠《まり》を拾ってやったことがあった）

そのときの、赤い手鞠の色は思い出せるのに、肝心の女の子の顔は、全く思い出せなかった。

お城と自邸とを往復するだけの、太一郎の日常が戻った。

相変わらずの日々だが、それを窮屈なだけの暮らしとは思わない。気楽な市井の暮らしを羨ましいとも思わない。たとえ、心ときめくことはなにもなくとも、それが、太一郎の愛する家族との日々だ。

なにも起こらずともよい。寧《むし》ろ、なにも起こらないほうがよいのだ、と心から思えるようになった。

※　※　※

(俺は、来嶋家の長男で、綾乃の夫で、千佐登の父親だ)

改めて、自覚した。

自覚できたことで、そんな恵まれた立場へと自分を導いてくれた叔父のことが無性に思い出された。家督も、美しい妻も子供たちも、その気になればすべて自分のものにできたかもしれないのに、そうせず自ら身を退いたひとの鮮やかな生きざまが、はじめて理解できた気がした。

(そういえば、このところすっかりご無沙汰してしまった。久しぶりにご挨拶に行こ

う）

喜助に酒を買ってこさせると、太一郎は下城のあと、叔父・徹次郎《てつじろう》の住む向島《むこうじま》の寮に足を向けた。

季節は初夏。

隅田川《すみだがわ》をゆく屋形船は、舳先《へさき》で水を弾《はじ》きながら軽やかに進む。吉原へ急ぐのか、小さな猪牙舟《ちょきぶね》の船足は更に速く、スイスイと、漁船や屋形船を追い越してゆく。

（川開きには、綾乃と千佐登を連れてこようか）

橋の上から、川面の景色をぼんやり見やりながら思い、再び歩を進めようとしたとき、

（ん？）

太一郎は、一艘の屋形船に、ふと目を止めた。

どの屋形船の客も、障子を開いて川岸の景色を楽しんでいる。その障子の一つに、意外な女の顔を見つけた。

派手な茜色の着物を纏い、美しく化粧をしていたが、太一郎にはわかった。

（お富士？）

だが、思わず目を凝らそうとしたときには既に一瞬遅く、船は太一郎の視界を行き

過ぎている。

(船遊びとは、優雅なものだな)

太一郎は少しく皮肉な気持ちになった。

ちょっと前まで、家を傾けたのは自分の責任だと思いつめ、自ら命を絶とうとしていた女が、着飾って船遊びとは。一度勢いを盛り返せば、多田屋は問屋仲間の中でも相応な大店である。その大店の女将ならば、船遊びをするくらい、別に不思議はないだろう。元々、何不自由なく育った大店の娘なのだし。だが。

(一緒にいたあの男は……)

お富士と一緒に船に乗っていたのは、眼光鋭い中年の町人と、かなり身なりのよい中年の武士だった。どういう関係の者たちなのか、気にするなというほうが無理な相談である。

しかも、その町人のほうに、太一郎は些《いささ》かの見覚えがある。

(気のせいだろうか)

しばし首を捻るが、思い出せない。

(きっと、気のせいだ)

無理にも自分に言い聞かせ、頭の中から追い払おうとすればするほど、太一郎の中に一度芽生えた違和感が、忽ち大きく広がってゆく。

考えてみれば、大黒屋の死によって、ここまで見事に家を立て直せたというのも妙な話である。

そもそも、大黒屋を殺したのは、本当に嶌なのか。太一郎が問い詰めたとき、彼女は否定も肯定もしなかった。ただ、自分は備前守の命《めい》に従っているだけなのだと言った。腹の底を見せぬ伊賀者の言葉だとしても、それが嶌の本音ではないかと太一郎は思った。それだけは、信じていいような気がした。だとしたら、備前守は、尾張家の出先機関である大黒屋の暗殺など、決して命じはしないだろう。抜け荷の証拠を摑んだ時点で、尾張家にやんわりと釘をさせばよい話だ。なによりも、事を荒立てないのが、彼らのやり方だということを、もとより太一郎は承知している。

（だとしたら、大黒屋を殺したのは一体誰だ？）

思うと、忽ちいやな予感に見舞われた。これ以上考えても詮《せん》ないことだと、太一郎は強く己に言い聞かせた。

（黎二郎の言うとおりだ。すべては丸くおさまった。今更、蒸し返したところで、誰も歓びはしない）

だが、懸命に言い聞かせようとすればするほど、堀井玄次郎の遺族たちの顔が脳裡にチラつく。

(蒸し返したところで、誰も歓ばぬ。誰も歓ばぬはずだ……)

太一郎は夢中で橋を渡り、叔父の寮を目指した。一刻も早く叔父の顔を見て、そして酒を酌み交わしたかった。

父とも慕う人の顔を見て、積もる話をすれば、このモヤモヤした気分もすぐに潰《つい》える。そのモヤモヤが潰えたあとで、もう一度、考え直しても遅くはあるまい。

徹次郎の棲む家に続く道を、太一郎は一途に足を速めた。

時代小説

二見時代小説文庫

六十万石《ろくじゅうまんごく》の罠《わな》 旗本三兄弟《はたもとさんきょうだい》 事件帖《じけんちょう》3

著者 藤《ふじ》 水名子《みなこ》

発行所 株式会社 二見書房
東京都千代田区三崎町二-一八-一一
電話 〇三-三五一五-二三一一 [営業]
〇三-三五一五-二三一三 [編集]
振替 〇〇一七〇-四-二六三九

印刷 株式会社 堀内印刷所
製本 ナショナル製本協同組合

落丁・乱丁本はお取り替えいたします。
定価は、カバーに表示してあります。

 ISBN978-4-576-16082-5
http://www.futami.co.jp/

二見時代小説文庫

藤 水名子
女剣士 美涼1～2
与力・仏の重蔵1～5
旗本三兄弟 事件帖1～3

浅黄 斑
無茶の勘兵衛日月録1～17
八丁堀・地蔵橋留書1～2

麻倉 一矢
かぶき平八郎荒事始1～2
上様は用心棒1～2
剣客大名 柳生俊平1～3

井川 香四郎
とっくり官兵衛酔夢剣1～3
蔦屋でござる1

大久保 智弘
御庭番宰領1～7

沖田 正午
陰聞き屋 十兵衛1～5
殿さま商売人1～4
北町影同心1～2

風野 真知雄
大江戸定年組1～7

喜安 幸夫
はぐれ同心 闇裁き1～12
見倒屋鬼助 事件控1～6

倉阪 鬼一郎
小料理のどか屋 人情帖1～16

小杉 健治
栄次郎江戸暦1～15

佐々木 裕一
公家武者 松平信平1～13

高城 実枝子
浮世小路 父娘捕物帖1～2

早見 俊
目安番こって牛征史郎1～5
居眠り同心 影御用1～19
天下御免の信十郎1～9

幡 大介
大江戸三男事件帖1～5

花家 圭太郎
口入れ屋 人道楽帖1～3

聖 龍人
夜逃げ若殿 捕物噺1～16
公事宿 裏始末1～5

氷月 葵
婿殿は山同心1～3
御庭番の二代目1

牧 秀彦
八丁堀 裏十手1～8
孤高の剣聖 林崎重信1～2

森 真沙子
日本橋物語1～10
箱館奉行所始末1～5

森 詠
忘れ草秘剣帖1～4
剣客相談人1～16